中华魂

ZHONGHUA HUN

百部爱国故事丛书

摘取数学皇冠上的明珠

——著名数学家陈景润

庞立生　编著

吉林人民出版社

图书在版编目（CIP）数据

摘取数学皇冠上的明珠：著名数学家陈景润 / 庞立
生编著 .-- 长春：吉林人民出版社，2011.3（2021.8 重印）
（中华魂·百部爱国故事丛书）
ISBN 978-7-206-07564-3

Ⅰ.①摘… Ⅱ.①庞… Ⅲ.①故事—中国—当代
Ⅳ.①I247.8

中国版本图书馆 CIP 数据核字 (2011) 第 032604 号

摘取数学皇冠上的明珠
——著名数学家陈景润
ZHAI QU SHUXUE HUANGGUAN SHANG DE MINGZHU
——ZHUMING SHUXUEJIA CHEN JINGRUN

编　著:庞立生
责任编辑:李　爽　　　　封面设计:孙浩瀚
制　作:吉林人民出版社图文设计印务中心
吉林人民出版社出版 发行(长春市人民大街7548号 邮政编码:130022)
印　刷:北京一鑫印务有限责任公司
开　本:787mm×1092mm　　1/16
印　张:8　　　　字　数:64千字
标准书号:ISBN 978-7-206-07564-3
版　次:2011年3月第1版　　印　次:2021年8月第2次印刷
定　价:35.00元

如发现印装质量问题,影响阅读,请与出版社联系调换。

总　序

　　《中华魂》是一套故事丛书。它汇集了我国自鸦片战争以来一百八十余年间的近百位民族英雄、仁人志士、革命领袖、先进模范人物的生动感人事迹，表现了他们作为中华儿女的伟大的爱国主义精神。

　　爱国主义是人们对于"生于斯、长于斯、衣食于斯"的祖国的一种神圣感情，是人们对于自己民族的一种强烈的责任感和使命感，是感召和激励整个中华民族的一面永不褪色的旗帜。在一百多年的中国近现代史上，爱国主义一直激励着中华儿女为祖国的独立、统一、进步和繁荣而英勇奋斗。从"苟利国家生死以，岂因祸福避趋之"的林则徐，到"我自横刀向天笑，去留肝胆两昆仑"的谭嗣同;从"铁肩担道义,妙手著文章"的李大钊,到"青春换得江山壮,碧血染将天地红"的赵一曼;从"县委书记的好榜样"的焦裕禄,到"问鼎长天,扬我国威"的邓稼先……都表现出了强烈的爱国主义精神。正是由于热爱祖国的人们前仆后继地奋斗,国家和民族才得以生存,才能够在一次次历史危急关头转危为安,走向兴盛和富强,从而屹立于世界民族之林。爱国主义是鼓舞中华儿女历经忧患、跨越沧桑、百折不挠、自强不息的伟大力量,它贯穿于中华民族的整个历史,并有力地凝聚着五洲四海的中国人。

　　爱国主义是一个历史的范畴,在社会发展的不同阶段、不同时期有不同的具体内容。革命时期,需要我们为祖国的独立自主出生入死;建设时期,需要我们为祖国的繁荣富强增砖添瓦。在全国各族人民团结一心,开启全面建设社会主义现代化国家新征程的今天,我们要争做一名新时期的爱国者。新时期的爱国者要有强烈的民族自尊心、自豪感。民族自尊心、自豪感是任何时期、任何爱国者都必须具备的情感。民族自尊心能增强我们自立向上的恒心,民族自豪感能树立我们建设祖国的信心。要树立"祖国高于一切"的崇高信念,为了祖国和人民的利益不惜抛却个人的利益,甚至不惜牺牲个人的生命。我们要树立终身学习的理念,拓宽自己的知识面,广泛吸收新知识、新技术,完善自身的知识结构,更新学习知识的方法与理念,从思想上、知识上充分武装自己,为祖国的繁荣昌盛贡献力量。

爱国主义思想的继承和发扬,是关系到民族盛衰、国家兴亡的根本问题。爱国主义思想情操的形成,需要不断地培养。培养爱国主义精神的一个重要途径是向英雄人物和典范事迹学习和致敬。这套丛书的出版,对于青少年向英雄和先进人物学习,特别是对于在中小学生中进行爱国主义教育是不可多得的生动的教材。祝愿此书出版发行成功,为培养时代新人做出贡献。

胡维革

中华魂

百部爱国故事丛书

编 委 会

策　划：　胡维革　吴铁光

　　　　　林　巍　冯子龙

主　编：　胡维革　邢万生

副主编：　贾淑文　杨九屹

编　委：　（按姓氏笔画为序）

　　　　　于二辉　刘士琳

　　　　　刘文辉　孙建军

　　　　　李艳萍　吴兰萍

　　　　　谷艳秋　隋　军

陈景润是一个卓越的数学家。"陈氏定理"构成了筛法理论的光辉顶峰。

——哈伯斯坦

目　录

序

大凡科学成就有两种：一种是其经济价值明显，可以精确计算出来的；另一种则是其经济价值无法估量的。数学成就就属于后一种。

如果说，自然科学的皇后是数学，数学的皇冠是数论，那么数论中的哥德巴赫猜想就是皇冠上的一颗耀眼的明珠。

什么是哥德巴赫猜想呢？

1742年，德国的数学家哥德巴赫发现了数学中一个令人惊奇的现象，即每一个大偶数都可以写成两个素数的和。所谓偶数就是可以被2整除的数；所谓素数就是只能被1和它本身整除的数。偶数和素数之间的关系是不是一个偶然的巧合呢？哥德巴赫怀着试试看的心理对许多偶数进行了检验，结果发现这种奇异的现象确实存在。然而，把一种现象确定为定理，光靠抽样检查是远远不够的。还需要详细而严密的逻辑

摘取数学皇冠上的明珠

证明；哥德巴赫绞尽脑汁也无法证明它，只好写信求教于赫赫有名的数学家欧拉。

令人遗憾的是，欧拉一直到死也没有能够证明出来。这一现象只好被称为哥德巴赫猜想。

哥德巴赫猜想这一奇异的难题引起了世界上许多数学家的注意。此后两百多年中，许多数学家都试图破解这神奇的谜底，但是都没有能够成功。

1966年5月，一颗璀璨的信号弹升上了数学的天空。一名中国青年郑重宣布，他已攻克了(1+2)，站在了哥德巴赫猜想的最前沿地带。

一石激起千层浪，国际数学界为之哗然和震惊，他们感到不可思议，一位名不见经传的中国青年竟然摘取了数学皇冠上的明珠！

然而，他们又不得不承认，正是他，中国一位普通的青年数学家，摘取了皇冠的上明珠。

这个人就是陈景润。

丑小鸭的梦想

陈景润小时候并不是一个讨人喜欢的孩子。陈家子女较多，陈景润排在中间，上有哥哥姐姐，下有弟弟妹妹，陈景润既不需要承担太多的责任，又生性内向不善于引起父母及周围人的注意，所以无形中他成为一个"多余"的孩子。别的孩子在一起快快乐乐地做各种游戏，陈景润却从不参加，事实上，即使他想参加也会遭到其他孩子的排斥，于是，他所能做的只是静静地远远地观看。有时，他干脆默默地自己跟自己玩，也能自得其乐。但不幸的是，瘦弱的陈景润总要遭受其他孩童无缘无故的欺负，他们总把他当成弱者，当成欺负对象以此满足自己的强者欲望。这样一来，陈景润就吃苦头了。但是别看陈景润毫无还手之力，但面对伙伴的拳头他却从不叫苦和讨饶，他只是以自己的坚强和忍耐来做另一种的反抗。无论在别人的眼中还是在自己看来，少年陈景润都是一只丑小鸭。

一个内向的孩子总是拥有其他孩童所无法享受而自

己却能沉浸其中的独特乐趣。陈景润也是这样，他最感兴趣的是数学。密密麻麻的数字、接连不断的方程式、繁杂麻烦的推算，这一切在别的孩子看来都是抽象枯燥、令人烦恼的，但是这些东西在陈景润的眼里却是那么神奇有趣。数学成为陈景润唯一的乐趣，数学使他沉迷和快乐。

一般来说，一个好老师往往能够成为学生们崇拜的对象。孩子们往往不是因为什么远大的理想去学某门课程，而是由于有一个好老师从而去喜欢他教的课。上高中的时候，陈景润和他的同学们便碰上一位这样的好老师。这就是后来成为北京航空学院副院长、全国航空学会理事长的沈元。沈老师知识渊博，又诲人不倦。他讲的数学课十分生动，一个个枯燥的公式定理经他娓娓道来都转化成为一个个有趣的故事，这引起广大同学的无限遐想和憧憬。每当打下课铃的时候，同学们往往还沉浸在刚才的内容之中，久久不愿离开座位，直到沈老师微笑着招呼大家，同学们才如梦方醒。沈老师的课把许多当初反感数学这门课程的同学都吸引住了，以前喜欢数学的同学就更不用说了。尤其是陈景润，他更是痴迷和沉醉于沈老师有条有理的讲解之中，他从内心里深深崇拜着老师，也更加深深地热爱那深不可测、变幻万千的数学知识，他更加用功和刻苦了。

有一次，沈老师在课堂上讲完了所学内容后，又饶有风趣地要给大家介绍一道数论中著名的难题。这就是哥德巴赫猜想。当他对哥德巴赫猜想做了简单的介绍后，很有感叹地说："哥德巴赫猜想已经提出两百多年了，竟没有一个数学家能够成功地证明它，这的确十分遗憾。要知道，这是数学王国中一颗璀璨夺目的明珠啊！谁能解决它，也就是摘取了数学王国中最引人注目的无价之宝。但这并不容易啊！虽然你们小学三年级便知道了偶数、素数，但要解决这道难题，可差得远呢。不过，我们中国人对数学是一向有着很高的禀赋。"讲到这里，沈老师激动了，他开始滔滔不绝地历数中国数学名家的成就。"大家都知道《周髀》吧，它是中国最古老的数学著作。还有《孙子算经》，里面记述的一条定理也是中国首创。5世纪时的祖冲之测算出来的圆周率比西方要早一千多年呢！国际天文学家还把月球中的一个山谷命名为祖冲之呢！13世纪下半叶，中国古代数学的发展更是到了高潮。南宋数学家秦九韶著有《数书九章》，他所提出的一次方程式的解法比意大利数学家欧拉要早五百多年。元代大数学家朱世杰，著有《四元玉鉴》，他所提出的多元高次方程解法比法国大数学家毕朱要早四百多年。但是，令人遗憾的是，由于诸种原因，明清以后我国数学逐渐落后了。"说到这里，沈老师显得有点沉重。良久，他忽然加大声音，用满是鼓励的目光看着全班同学，语重心长地说道："同学们！我们要想在前辈的基础上重新展示我们中华民族的数学才能，为数学的发展做出贡献，就必须从现在开始努力啊！繁荣新中国科学的重任落在了你们的肩上，你们任重而道远。"听了沈老师的话，同学们不由得都陷入了沉思。坐在下面的陈景润也听得入迷了，他的心里很激动，始终被一种神圣的感觉和信念冲击着。他痴痴地想："我能不能解决这个难题呢？如果我能亲自摘取这颗明珠，该有多好啊！我能办到吗？"

看到大家那呆呆的样子，沈老师不由得笑了。他风趣地打破了这沉寂和凝重的气氛，说："真的，昨天晚上，我做了一个梦。大家猜，我梦到了什么？我梦见我的学生，你们中间的一位同学证明了哥德巴赫猜想。世界都为之震惊了，太了不起了！"说着说着，沈老师激动得都有点眉飞色舞了。同学们忍不住笑了，陈景润没有笑。他一向对同学和老师都是一副沉静得有点木讷的面孔，对周围的人和事都是一副不闻不问、与己无关的样子。同学们都不注意他，似乎忽略了他的存在，他也不想引起同学们的注意，他只想静静地自己做自己的事，所以无形中，陈景润成为一只孤雁。

现在他听了沈老师所说的梦，他没有笑，是因为他觉得这一切也许并不是不可能的，相反，他倒是觉得梦里的那个同学就是他自己。对了，真的好像是说他自己。那么，同学们笑什么呢？陈景润不理解地看着周围的同学，他忽然莫名地觉得同学们的笑声都是冲着他来的，好像他们都破译了陈景润心中的秘密想法，都在嘲笑和讥讽他呢。陈景润有点窘迫了，他的脸陡然红了，红得很厉害。幸好这时下课铃响了，这可救了他。同学们都站起来，走上讲台围着沈老师问长问短，或三三两两地热烈议论着。看到大家并没有提到和注意自己，陈景润的心略微平静下来，但他坐在座位上没有动。他伏在课桌上又重新陷入了沉思。这一整天，他几乎没说一句话；这一整夜，他翻来覆去没睡好觉。

过了几天，又上数学课了。几个平时相当用功又深得老师喜爱的同学兴冲冲地走到讲台上，给沈老师送上他们答题的卷子，并骄傲地说："沈老师，看哪！我们证明出来了。"沈老师接过答题卷子，简单地扫视了一眼，说："算了吧！你们算了！""是的，我们算了。我们算出来了，我们可以多方面地证明它呢。"同学们激动地说。"我是说，你们算了吧！现在别费力气了。"沈老师不禁被自己这些狂妄得有点自大的学生们逗笑了。但他实在不忍挫伤他们的积极性，沉默良久，他才严肃地说："同学们，要知道，哥德巴赫猜想是世界上一道著名的难题，许多大数学家都不能证明它。当然，我不是说你们想解答它太异想天开了，我不是这个意思。我只是想向你们指出，科学之路不是简单而平坦的，相反它是艰难和困苦的。同学们千万不能把它想象得太简单了。在这方面，我不是看不起大家，相反我倒是耐心地期待着，同学们能通过自己刻苦的努力和执着的登攀精神以及坚韧不拔的意志去登上数学的巅峰，去亲自摘取这颗灿烂的明珠。但这需要时间和汗水，需要耐心和意志啊！"听到这里，同学们都收起了兴奋的笑容，渐渐沉默了。

陈景润当然也做出了自己的答卷，但刚才他没有勇气像其他同学那样勇敢地交上去，他只是把答卷握在手里，有点羡慕地望着那几个交上答卷的学生，心里还感到有些失落呢！等到听了沈老师的这番话，他好像在昏昏沉沉中被人打了一拳，虽一时感到伤痛但却逐渐清醒了。他不好意思地把答卷团成一团，偷偷塞进了桌洞里。然而，沈老师的这番话深深地烙印在他的心里，令他始终难以忘怀，成为他今后奋斗的巨大精神动力。

从此以后，陈景润，这个默默无闻的学生，开始为叩击数学王国的神秘之门做着漫长而艰苦的准备。

好学生和差老师

陈景润没念完高中，就以优良的成绩考入了厦门大学数学系。这时的陈景润就如饥饿的人扑在面包上一样，整日里如饥似渴地啃着各种各样的数学书籍。在当时，航空警报拉响的时候，群众需要转移至防空洞内。但是这样一来，陈景润就要在防空洞一下子呆好几个小时。白白浪费那么多时间，太可惜了。"能不能争取时间在防空洞里继续学习呢？"陈景润冥思苦想，终于找到了一个好办法。他把整本的教科书一章一章地拆开来，分装成几个薄本，把需要学习的几页

放在口袋里随身携带，一旦遇上警报，他就可以躲在防空洞里学习了。陈景润这个化整为零的办法后来得到推广，同学们纷纷效仿起来。为避免空袭造成损失，学校决定转移到山区，在庙里上课。同学们自己动手，把简陋的桌子板凳一摆，破庙堂便成为课堂。当时，上课、吃饭、住宿都分别分散在好几个地方，每天都要往返好几趟，这样在路上便要浪费不少时间。为了节约时间，陈景润便边走边看，甚至有一次撞到了一位老大爷还浑然不觉。

在厦门大学 3 年里，陈景润碰到了不少好老师。李文清老师常常在课堂上给大家介绍一些国内外学术动态，或者讲一些令人深思的数学难题以及许多富有启发性的数学家的故事。李老师还给大家讲了印度数学家拉曼纽让的故事。当时西方学者大多看不起东方学者。拉曼纽让连大学都没毕业，只是在一个税务机关当小职员，但他却暗暗下决心为民族争光。他挤时间拼命攻读，刻苦钻研。后来，他从自己做的习题中选出 120 道题，寄给了当时英国剑桥大学的大数学家哈代以显示东方古老的智慧，哈代从这些习题中发现了他的数学才能，大为赏识。拉曼纽让终于成为有名的数学家，在很多方面都取得了独特的成就。这个故事让陈景润激动不已，他暗暗地想："现在我们解放了，中国人民已经站起来了，印度的拉曼纽让能做到的事，为什么我们新中国的青年就做不到？我就不信！"陈景润暗暗发誓要为国争光。

在大学的几年里，陈景润抓紧一点一滴时间，贪婪地阅读了大量的数学书籍，仔细地做了一道又一道习题，不厌其烦地进行了繁杂的计算。他的生活规律几乎成了一个固定的公式，那就是：宿舍—食堂—教室—阅览室。他整天奔忙在这条生活线路上。看书入了迷，经常听不见吃饭的钟声。黄昏时分，宿舍里蚊子很多，同学们三三两两地去散步，而陈景润却独自躲在破旧的蚊帐里看书，一些著名的游览区他几乎从没涉足。为了少在琐事上分心，他甚至只穿黑的、蓝的一类暗色衣服，

—— 著名数学家陈景润

摘取数学皇冠上的明珠

厦门大学的嘉庚楼

以便穿的时间长一些，少洗几次。

在刻苦勤奋的学习中，陈景润以优异的成绩毕业了。

他被分到了北京市的一所普通中学任教。

陈景润带着激动而欣喜的心情来到祖国首都，走上自己的工作岗位。然而，从他踏上讲台的第一天起，他便发现自己确实不是当老师的料。极其内向的性格使他站在讲台上如履薄冰，面对比自己还要高大的学生，他不仅举止不大自然，而且说话结结巴巴，语无伦次。平日里那敏捷的数学思维此时竟然在头脑中变得僵硬起来，学生们的束束目光在他看来都像一把把锋利的投枪笔直地朝他刺过来，他不由得感到紧张和惶恐，连捏在手里的粉笔都常常颤颤巍巍，写不成字。为此，他遭受到学生们的不屑和鄙夷。作为一个老师，没有比在学生之中失去敬重更为痛苦的事情了。陈景润常常陷入自责和叹息。他不知如何才能摆脱这困窘的场面。这样一来，这份太阳底下最光辉的职业竟成为他挥之不去的负担。陈景润一向不善于照顾自己，平时又不注意营养，体质本来就差，此时又忧虑过度，他终于病倒了。渐渐地，住院成为他家常便饭，生病成为他生活中的一部分。但即使在住院期间，陈景润仍然没有放弃他所热爱的数学，他节衣缩食购买了刚出版的华罗庚教授的名著《堆垒素数论》，如饥似渴的研读起来。与此同时，他又不得不做着失业的准备，他积攒起所有的收入，打算回家关起门来研究数学。这位厦门大学的高才生确实对教师工作无能为力，心有余悸。他不得不做这最坏的打算。

就在这时，情况出现了转机。

一次，厦门大学校长王亚南教授到北京参加会议。恰巧，陈景润所从教的那所中学的校长是他的老朋友。二人相见，几经寒暄之后，这位中学校长不满地诉苦道：“你们赫赫有名的厦门大学，怎么培养出一个如此不称职的学生？”王校长心里一惊，忙问道：“你指的是谁？”“陈景润。”“陈景润？他可是我校成绩最好的毕业生啊！”“最好？老朋友，你别跟我开玩笑了。实不相瞒，他的教学工作实在让人难以恭维，学生和老师反应都很强烈。另外，他三天两头请病假，常常不上班，我们实在没办法留下他了。”这位中学校长实言相告道。听说自己的得意门生竟然要被扫地出门，王校长实在不敢相信这样的事实。“不可能吧？”他喃喃自语着，脑海里不由浮现出陈景润在大学时的形象来。那可是一个因学习着迷而闻名全校的好学生啊，他怎么工作起来就如此之差呢？他有点不解了。良久，他突然一拍大腿，脸上露出一丝淡淡的苦笑。对了，这

位在学习上因刻苦而出名的高才生同样在生活上也是
"大名鼎鼎",但大名鼎鼎的是他生活上的杂乱无章罢
了。一个连自己生活都不能自理的人怎么能胜任教师
的工作呢?正如一名科学家在其专业领域游刃有余但
干起农活来和普通农民相比却显得笨拙一样,让陈景
润担任教师的工作确实太委屈他了。想到这里,这位
"伯乐"当机立断地说:"你们不收留他。我要!我要
让他回到厦门大学去,我们需要他。"

这天,王亚南特地驱车赶往陈景润的住处,看望
了自己的得意门生。好久不见,他的学生更清瘦了。
苍白的脸颊没有血色,两块颧骨微微地耸着。王亚南
的心里不由得一酸,在病床边坐下身来,安慰陈景润
说:"你不习惯在这里教书,你就仍回到你的母校去工
作吧!"

一听见这话,陈景润高兴得从病床跳跃而起。精
神上的愉快使他忘记了自己的病痛。但陈景润对教师
生活还有点惴惴不安。他急切地问:"到学校去还是让
我教书吗?"

王亚南沉思片刻。他望着陈景润手中的那本高等
数学书,郑重地摇了摇头说:"不,不让你当教师。我
会给你妥善安排的,你放心吧!"

陈景润的眼泪禁不住簌簌地掉落下来。

重 回 母 校

在王校长的帮助下，陈景润重新回到了母校。

母校的一切，他既熟悉又陌生。他穿过绿茵茵的草坪，心里琢磨着："王校长会安排我什么工作呢？"这时，王校长走过来了，他通知陈景润："你到图书馆当个管理员吧！"

陈景润欣然答应了，图书馆里的书籍早把他吸引住了。他来到图书馆，从这头走到那头，爱不释手地翻弄着一本本书籍。几天这去了，领导还没安排他具体的工作。他就利用这段空隙孜孜不倦地埋头苦读起来。

过了个把星期，王亚南来到图书馆来看陈景润，见到陈景润正手捧一本数学理论书出神地看着。他不禁露出了欣慰的笑脸。好半天，陈景润才抬起头来，一看是王校长，慌忙站起身说："王校长，你安排我具体工作吧！"

王亚南亲切地指了指陈景润手中的数学书，意味深长地说："你这不是已经正在工作了吗？这就是我安排给你的最合适的工作。好好努力吧！"

陈景润一下子明白过来，他的眼睛有点润湿了，

他很想说几句感谢的话，但张开嘴来却只听见一声颤动的喊声："王校长……"

此时，厦门大学正值一派生机，学术氛围很浓。在这样一个良好的环境中，陈景润集中全力钻研华罗庚教授的名著《堆垒素数论》和《数学导引》。

陈景润经常晚上"开夜车"，每天只睡四五个小时。因为怕邻舍们议论，他特地用纸做了一个很大很大的灯罩，把灯光全部遮起来。灯罩很大，有一次陈景润没注意把灯罩碰歪了，头也伸进灯罩里去了。窗口透出的灯光使两个巡逻的学生产生疑问，当他们知道陈景润是在演算习题，才笑着走了。

为了抓紧点滴时间学习，陈景润沿用了学生时代的读书方法，把书本拆开，放几页在口袋里，随时随地拿起来看，反复揣摩和钻研，直到烂熟就再换几页。他

开会前看，吃饭排队时看，走路时也看。凭着一股钻劲，这位毕业并没有太长时间的大学生，硬是靠着自学，把一本又一本数学名著全部记在心里。

知识的积淀会培育更强的信心。在打下坚实而雄厚的基础后，陈景润开始想跃进一步，准备摘取那高高悬挂光彩照人的数学明珠——哥德巴赫猜想。但他明白，千里之行，始于足下。路要一步一个脚印地走。为此他开始"练兵"，准备向"他利问题"首先发动"进攻"。

"战斗"一打响，陈景润便夜以继日地忙碌起来。他几乎时时刻刻都在思索，尝试着用各种可能的方法去推演运算。除了上班不得不去阅览室，买饭不得不去食堂以外，他哪儿都不去，整日把自己关在宿舍里，几乎忘掉了周围的一切。在吃饭时，他边吃边看演算出来的草稿，有时还放下碗来接着演算。饭菜凉了，他便倒进一些热水，没有热水，凉的也就将就着吃。

经过多少个不眠之夜，陈景润小房间的地板上和桌子上堆起了厚厚的一层纸张。它们都是陈景润辛勤汗水的结晶和见证。

终于，一篇关于"他利问题"的论文诞生了。

陈景润的这篇文章，辗转寄给了中国科学院数学研究所——中国数学研究最权威的机构。

经过华罗庚教授的推荐，全国数学会决定邀请陈景润参加1956年的全国数学论文宣读大会，并在会上宣读这一论文。

陈景润来到北京，华罗庚教授便亲切会见了他。

1956年8月24日。《人民日报》报道了这次大会的盛况，指出："从大学毕业才3年的陈景润，在两年业余时间里，阅读了华罗庚的大部分著作，他提出的一篇关于'他利问题'的论文，对华罗庚的一些研究成果有了一些推进。"

从此后，这位默默无闻、辛苦耕耘的青年人的名字如一颗满载希望的新星，逐渐引人注目起来。经过多年的努力拼搏，在能人辈出的数学王国中，陈景润——这位年仅33岁的青年人开始初露锋芒。

在数学所的日子

1957年，在党和政府的关怀下，陈景润调到了中国科学院数学研究所。从此，新的奋斗便展开了。

这里，汇聚着全国著名的数学专家；这里，珍藏着全国最多最齐的数学专业书籍。对于这个神圣的地方，他过去是渴望而不可即的。如今，以前的奢望却成了事实。更令陈景润高兴的是，他现在不仅有更充裕的时间来研究数学，而且还有著名专家的亲自指导。过去，充其量他只是一个业余数学爱好者，而现在却已成为一个专业的数学研究工作者了。过去他只能独自钻研，闭门思索，现在则可以随时得到著名专家的指导。两相对比，真是天壤之别啊！

良好的研究环境使陈景润如鱼得水，带着激动和欣喜，陈景润踏踏实实地工作起来。

为了节约时间，陈景润几乎把能够利用的所有时间都排满了。

当黎明来到之前，大地还是一片朦胧的时候，在陈景润单身住宿的那间屋子里，已经响起了朗朗的外语读书声；当人们迎着曙光跃身起床的时候，在陈景润的床头边早已积起了一堆数学演算草稿；当上班的铃声尚未打响，人们正挤着交通车赶路的时候，陈景润早已守候在图书资料室的门口了；当下班的铃声响起学校已人去楼空了，陈景润依然不知疲倦地伏在桌头苦读；晚上，人们早已鼾声不断进入梦乡了，陈景润的宿舍里却依然亮着灯光。

在食堂排队买饭时，在外出候车时，在上班途中，凡是能够利用的时间，他都不放过。

陈景润忙得就像一只不停旋转的钟表。在一分一秒的充分利用中，他一步一个脚印地向前迈进着。

有一个傍晚，在数学所的书库里，当陈景润从面前的书本中清醒过来时，他才发现门已被反锁了。其实，在此之前，管理员曾大声喊，问里面是否有人，但一心沉浸于书中的陈景润哪里能够听见。没有办法出门，他索性又在里面继续钻研起来。

还有一次，陈景润边走边思考问题。他入了神，简直忘了周围的一切，一头撞到了一棵大树上，头上碰了一个大包，自己却毫不知觉，只是一边用手摸着额头，一边埋怨别人撞了他，继续低头向前走。等到重新撞在了树上，他才苦笑着绕过去，又边走边思考刚才的问题。

还有一次，陈景润实在太疲倦了想休息一下，他离开办公室，走出大楼，沿着通往宿舍的那条路慢慢走着。走着，走着，他觉得今天这条路怎么那么长啊！他仔细一瞧，原来刚才绕了一个圈，不知不觉又回到办公室门口来了。他叹了一口气，又走进去埋头苦读起来。

这样的小故事简直不胜枚举。这一切对于陈景润来说太平常了。

日复一日，年复一年。陈景润自学了英文、俄文、法文、德文、日文、西班牙文6种文字，在他的宿舍里，积累的演算草稿整整装满了两麻袋。

辛勤的血汗终于催发了美丽的花朵。1966年5月号的《科学通报》上，发表了陈景润对哥德巴赫猜想的比较初步的证明。

这个初步成果在世界上领了先，冲在世界各国的前面。但这一证明需要进一步推进和简化。陈景润决心继续攻克这一难关。

"文化大革命"开始了。

数学家陈景润被打成了"白专道路的典型"和"现行反革命"，他多次遭到批斗，他演算的草稿很多被践踏，他的宿舍里的桌子、凳子不知什么时候被别人搬走了，电线也被扯走了。

恶劣的条件无法阻挡陈景润攀登科学高峰的脚步。他上街买了一盏煤油灯，借着昏暗的灯光继续闭门推

三位著名数学家——陈景润、王元、潘承洞

算。

　　夜深人静的时刻，郊外的田野里一片漆黑。然而，在陈景润的房间里，却始终闪烁着一盏昏黄的小灯，那微弱的灯光映照在洁白的稿纸上，映出了一行行密密麻麻的数学公式。陈景润继续不知疲倦地行走在攀向世界数学高峰的道路上。

　　在充满公式、数字和符号的世界中，他兴趣盎然，富有诗意。宿舍里的麻袋又重新被一摞摞稿纸塞满，算起来整整有6麻袋。

　　然而，长期的严重迫害和极度的辛劳工作使陈景润的身体越来越弱。他的颧骨越来越高耸起来，两眼越来越凹陷起来，脸色时黄时白，很是吓人。

终于，有一天晚上他病倒了。那是在从办公室回到宿舍的路上，陈景润突然感到腹部一阵剧痛。他手捂腹部一步一颠地回到宿舍。一进宿舍，他便一头歪倒在床上，剧烈的疼痛使他在床上翻来滚去，豆大的汗珠纷纷落下。他咬紧牙关，硬挺了一夜。

第二天，到医院里一检查，才知道他得了结核性腹膜炎。医生告诉他要休息一个月。

此时的陈景润哪里能静静地休息，多年的繁忙早已成为他生活中必不可少的一部分，清闲对他来说无异于活受罪。他克服着日益加重的病势和随之而来的剧烈疼痛，不顾医生的反复劝告和叮嘱，又拼命地工作起来。

他对1966年取得的对哥德巴赫猜想的成果很不满意，认为那次证明演算顺序过于烦琐，系数不高，离论证哥德巴赫猜想的数距较大。因此，他决定在此基础上另辟新径。再重新开辟一条道路是多不容易啊！这如同一名登山运动员十分艰难地攀登到某处高峰后，又原路返回，再重新找一条路途爬上去。

在这时刻，可恶的病魔把陈景润折磨得头晕目眩，眼冒金星，四肢无力。开始，他边演算边用手握成拳头顶住腹部，但疼痛还在加剧。豆大的汗珠从脸上、

摘取数学皇冠上的明珠

身上滚落下来。终于，他实在支撑不住了，晕倒在桌子上，笔从他手里悄然滑落，滚到了地下。半晌，他才清醒过来，从地下拾起笔，继续演算。同事们看到陈景润这样玩命地工作，都劝他注意休息。陈景润苦笑着对他们说："感谢你们的关心，可是攻克难关非拼命不可啊！我怎么能休息呢？"大家见劝阻不住，便不再坚持了，他们从心里敬佩这位顽强拼搏的青年，也暗暗地为他在捏着一把汗。

他也得到了许多领导和同事的关怀和支持。

图书馆的一位管理员常常把陈景润藏在小书库深处的一个角落里，以便让他专心看书。由于一些研究员的坚持，数学所一直在订购世界各国的文献资料，始终没有中断过。陈景润由此可以及时了解数学前沿地带的国际动态。

就这样，白天，陈景润在图书馆小书库的角落里贪婪地阅读文献资料；夜晚，他就在煤油灯下伏床演算。

敬爱的周总理一直关心着科学院的工作，并且派人排除各种帮派对科学研究工作的干扰。一位周大姐被任命为数学所的政治部主任，李尚杰被任命为党支部书记。这两位领导到任后，数学所的科研秩序慢慢恢复了。

李书记刚到职的时候，为了和大家熟悉，便拿着科研人员的名单一个一个见大家，但是他却始终没有见到一个叫陈景润的人，"陈景润为什么总是见不到呢？"李书记感到十分奇怪，"莫非他病了很长时间，没有来上班？"李书记便去询问其他同志，有人告诉他，陈景润是个长期病号，但他并没有整天待在宿舍里休假，他一直在资料室忙着查资料、写论文，如果谁想找他的话，就上资料室好了。在那里有一个人即使在天不太冷时也穿着一件棉大衣，这个人就是陈景润。

一听说这种情况，李书记非常惦念陈景润这位年轻数学家的近况，他想尽快找到他。果然，在资料室里，李书记发现一个人穿着棉大衣坐在一个角落，头也不抬，不停地写啊，算啊，好像周围的一切都与他无关，整个资料室就他一个似的。李书记本来想在陈景润停止工作时去和他聊聊，但他等了半天，见陈景润总不抬头，他只好走到陈景润身边，轻轻地问道："对不起，打扰一下，请问你是陈景润同志吗？"

"是的。你是……"听到李书记的话音，陈景润抬起头来，不解地问。他没有想到一个陌生人会来找他。

"我是刚调过来的，姓李，叫我老李好了。"李书记亲切地说。

"李书记？噢，李书记！你好。"陈景润愣了半

摘取数学皇冠上的明珠

天，他才想起听别人说过新调来一位姓李的书记，他放下手中的笔，向李书记问好。

李书记望了望陈景润那紧裹着棉衣的瘦弱身躯，关切地说道："天还不太冷你就穿棉衣了，是不是身体不大好？"

"是的，总生病，都是小毛病，没有什么事，不要紧，挺一挺就过去了。"陈景润不好意思地回答道。

"你现在特别忙，我现在就不再打扰你了，这样吧，明天晚上我去你的宿舍，我们好好聊一聊，怎么样？"

一听这话，陈景润赶快摇头，"我没有时间收拾宿舍，里面太乱了。"

"没事，没事。就这么定下了。"李书记笑着说。

"那么，好吧，我在宿舍的下面的门口等你。"陈景润勉强地答应了。

第二天下班后，李书记如约而至，从很远的地方就看到有个身影站在宿舍楼下。李书记加快了脚步，看见陈景润正朝这方向张望呢！

"李书记，你来了，我们上楼吧！"陈景润上前握住李书记的手，高兴地说。

李书记跟随陈景润上了楼，一进陈景润的宿舍，李书记不禁惊呆了。

这间宿舍又窄小又黑暗，屋里很潮湿，东西很杂乱。有一个大烟囱还从这屋里穿过，占去了房间不少地方，使原本窄小的房间显得更加拥挤不堪。宿舍里很暗，窗子被一层层报纸糊得很严实。

李书记知道，这房间肯定已被陈景润打扫过了，但由于条件本来太差了，仍是不太整洁。

陈景润看见李书记盯着他的房间发愣。他不好意思地说："对不起，李书记，实在没办法，宿舍太乱了。您坐在床上吧。"

李书记看看宿舍里连一只凳子也没有，便来到床边坐下，他看了看，床上的床单倒是干净的，便说："你的床上还是挺干净的嘛！"

陈景润一听这话，苦笑着说："这床单是我特意去街上买的。说实在的，您来这里看我，我很高兴。"

"我应当早些就来看你啊！怎么你没有电灯？"李书记询问道。

"我不要灯，要灯反而更麻烦，这栋楼不少人家使用电炉子，电压一超负荷就会烧坏线路。电工一来查修就要花费不少时间。为了他们少来打扰我，我不想安电灯。这样我工作时间就会长一些。"陈景润忙解释道。

"这样一来，你可就遭罪了，眼睛可要熬坏了，都近视了吧？身体怎么样？"李书记又问道。

"时间一长，我也就习惯了。我身体一直不好，经常有病，你看，那儿有药，我每天都要吃药。"陈景润指指窗户下面的暖气片。

李书记抬眼看去，见暖气片上放着一只饭盒，还有一堆药瓶，两只暖瓶。旁边，紧挨着暖气片是几个麻袋，麻袋里面有一摞摞稿纸露出来。

"你的桌子呢？"

"瞧，这就凑合了"陈景润随手把新床单连同褥子一起翻了起来，露出床板。

李书记的眉头皱紧了，他又指着破了的窗纱问："你不怕蚊虫叮吗？怎么不用蚊帐呢？"

"晚上我又不开电灯，蚊虫很少能够进来。到了夏天，我尽量不在宿舍里待着。

听完陈景润的诉说，李书记的心里很不平静。在著名的国家科学院里，一个科学家竟然在如此恶劣的条件下生活和工作，可是，即使是在这样的条件下，我们的科学家却依然无怨无悔地工作着，向着科学的高峰顽强地攀登着。这是一种怎样的精神啊！我们有什么理由不为他们提供良好的工作和生活条件呢？我们有什么理由不为拥有这样的科学家而感到骄傲和自豪呢？

想到这里，李书记站起身来，以坚定的语气对陈景润说："陈景润，你受苦了，你的问题我们一定要想办法尽快帮你解决。给你接上电线，装上电灯，再给你桌子和书架。"

陈景润一听这话，赶忙说道："不用麻烦了，我不用，我不用。"

"不，我们再也不能让你在这种条件下工作了。请相信组织会为你着想的。"说完，李书记深深地舒了一口气，让自己激动的心情稍稍平复，又坐下来和陈景润推心置腹地谈论起来。他们从国内的形势到个人的经历，从数学所的情况到陈景润正在研究的哥德巴赫猜想，他们无话不谈，就像分别多年的老朋友一样谈到很晚。最后，李书记站起身来，他握着陈景润的手，叮咛着说："要注意身体啊！整天忙工作没有一个好身体可吃不消啊；平常要注意休息，要知道，休息好是为了能够更好地工作。"李书记说完，便向陈景润告辞。

陈景润把李书记送到楼下，望着李书记远去的身影，这个坚强的汉子的眼睛不禁有些模糊了。这几年，在这房间里，很少有人来过，更没有哪一个人能跟他像老朋友一样心对心地谈论。虽然他整日整夜埋头钻研着神秘的哥德巴赫猜想，但有时他又是多么寂寞和孤独啊！这位新来的李书记，却是如此关心他，如此关心他为之奋斗的哥德巴赫猜想，这能不叫他十分激动吗？

过了几天，陈景润房中的电灯装上了，桌子、凳子也都安放好了。他从此可以更安心地工作了，他比以往更加用功和刻苦了，哥德巴赫猜想简单证明的轮廓逐渐清楚起来，他为此感到欣喜。

但是，此时有人说闲话了。他们传播陈景润已经做完了论文但现在有意不发表，是在等恢复稿费后再交出来。听到这个传言，陈景润感到很苦闷，也很气愤。其实他此时已经到了攻关的关键时刻，渡过这一关，论文就基本上完成了。他一心只想简化证明步骤，总觉得拿不出好的成果，对不住党和祖国，也对不住关心和支持自己工作的领导和同志们，至于什么稿费，陈景润才不去想这些无聊的问题。

这种传言和陈景润的不安心情被李书记获知了。李书记找到陈景润，安慰他不要听信这些谣言，组织上也是相信他的，希望他不要受其影响，仍然要安心工作，争取早日把成果拿出来，大家都在等着这个好消息呢。听了李书记的这一番话，陈景润不安的心情慢慢烟消云散了，他激动地对李书记说："谢谢李书记这么信任我，我一定努力工作，争取把哥德巴赫猜想的简单证明早些搞出来。"李书记点了点头，看着陈景润满是认真的表情，笑了。

对于这一段工作的情形，陈景润曾这样描述：我的成果又必须表现在这样的一篇记文中，虽然是专业性质的论文，文字是比较简单的；尽管是相对严密的，又必须是绝对精确的。若干地方就是属于哲学领域的了。所以我考虑了又考虑，计算了又计算，核对了又核对，改了又改，改个没完。我不记得我改了多少遍，科学的态度应当是最严格的，必须是最严格的。"

"我知道我的病早已严重起来了，已经病入膏肓了。细菌在吞噬着我的肺腑内脏，我的心力已到了衰竭的地步。我的身体确实是支持不了啦！唯独我的脑

陈嘉庚先生和青年学生在一起（雕像）

子是异常地活跃，所以我的工作停不下来。我不能停止。"

我们的数学家陈景润就是这样不屈不挠地同病魔做着最艰苦的抗争，他以最严格的科学态度对待着自己所从事的研究工作，他已把自己的生命完全献给了党和人民，献给了他所致力的崇高科学事业。他心里装着哥德巴赫猜想，对于自己的一切，他一丝一毫也没有考虑过。冬去春来，一年一度的春节就在眼前了，然而外面的热闹是与陈景润无关的，他关起门来一个人躲在宿舍里忘我地工作。宿舍楼外面的喧闹声使陈景润知道春节正一天一天到来，但春节到底是哪天，他没有问过别人，也从来没上街去买点年货，他一心一意地紧张地进行着证明哥德巴赫猜想的工作。

大年初一的那天早晨，陈景润正想下楼去吃早饭，刚到楼梯口，他发现有一群人正有说有笑地往楼上走来。这是干什么的呢？还没等他细看，就听见有人大声叫他的名字。

陈景润看见了，那是周大姐，后面还有李书记及一大群人。

"你们这是干什么来了？"陈景润不解地问。

"今天不是初一吗？大家来看你来了。"周大姐爽朗地回答，又紧接着问："现在还经常吃药吗？身体有所好转没有？需不需组织上帮助解决一些困难？"

陈景润不禁用手摸了摸头，苦笑着说："原来今天就是春节，我全都给忘了，我说外面怎么那么热闹呢？我这阵子身体还可以。"

这时，大家一起围上来，向陈景润问好，祝贺新年。

陈景润一时忙不过来了。他一边忙着回答大家的问话，一边和大家一一握手。"谢谢你们，谢谢大家都来看我。"陈景润十分激动，一股暖流悄悄注入他的心田，热乎乎的。

"别让大家都在这儿站着啊，招呼大家进屋去坐一会儿。"李书记笑着示意陈景润要大家都进屋。

"宿舍里太乱，我没时间收拾，实在对不起，大家就别进去了。"陈景润不好意思地阻拦道。

"那么，我们也就不难为你了。这些水果你拿回去吧，这是大家的一点心意，希望你多保重身体，早日把成果拿出来，到时我们再到你这儿来做客，怎么样？"周大姐笑着解了陈景润的围。

"水果我不要，大家的心意我领了。"陈景润坚持不收水果。

"别客气了，收下吧，要不让大家先走，咱俩去你屋好好再聊一聊。"李书记硬是帮周大姐把水果袋塞在陈景润的手里。

陈景润没有办法，只好收下。"李书记，你快去忙去吧！你也别进来了，我们以后再好好聊聊。"他也谢绝了李书记的要求。

"那好，这几天你好好休息一下，也该放松放松了，不能一根弦天天绷着啊！身体可是本钱啊！我们就告辞了，再到其他同志家去看看。"

陈景润把大家送下楼。看着大家远去了，他愣了好一会儿，才又会回到宿舍。他的心里此时暖暖的。

一连好几天，陈景润夜以继日地奋战着。一股难以阻挡的巨大力量，正在推动着他向着科学高峰做着最后的冲刺。一条新的证明途径在他的头脑中越来越明朗了。终于，他找到了一种简明的解析方法，并把整个的证明过程，写成了一篇震惊世界的论文——《表大偶数为一个素数及不超过两个素数乘积之和》。

春节过后，上班的第一天，陈景润兴冲冲地走进王元老师的办公室，交给他自己为之奋斗多年的成果。全文只有二十多页，大大简化和改进了原来的证明。

王元老师怀着极大的兴趣，聚精会神地听陈景润一连讲了3天，不放过任何一个细节。听完后，王元老师召集所有研究员，对陈景润及其成果给予了高度评价。

他说："陈景润不仅研究成果领先，而且在论证方法上也有突出的创造性。"

他还说："咱们在数学领域干了这么多年，真正领先的成果不是很多。陈景润在这个问题上是花了功夫的，国内外解决哥德巴赫猜想的办法已经不多了，他把'油水'都挤干了！他的高度创造性与百折不挠的精神，值得我们学习。"

过了几天，王元老师立即把陈景润的成果向华罗庚教授做了汇报。华老高兴地笑了，他为自己有这样一个了不起的学生而感到骄傲和自豪。

这篇不寻常的论文在1973年第2期《中国科学》上发表了。

论文发表之后，立即在国内外数学界引起了很大的轰动。世界著名数学家哈伯斯坦和李希特两人合作刚刚完成一本名为《筛法》的数学著作，原写了十章，早已脱稿准备付印。得知陈景润的研究成果后，两位数学家如获至宝，立即通知印刷厂暂缓出书，决定要为陈景润新发现的这一定理，另外补写一章，定名为"陈氏定理"。在该书的序言中，他们这样写道："'陈氏定理'构成了筛法理论的光辉顶峰！"

美国科学院副院长在率领科学代表团访问我国回去后，于1979年美国数学会通告期刊载文说："在中国数学所，华罗庚的一批学生，在解析数论方面作出了出色的成绩。近年来，那里所得到的杰出成果是陈景润的定理。这个定理是当代在哥德巴赫猜想的研究方面最好的成果。"

美国著名数学家外尔认为陈景润的研究成果已经达到了数学界的顶峰，并感慨地说："陈景润的工作现在好像在喜马拉雅山的顶峰上行走，每前进一步都非常困难。"

"你移动了群山！"一位美国数学家在给陈景润的祝贺信中赞叹地写道。

"陈氏定理"，这条绚烂多姿的彩虹，凝结了陈景润十多年的心血，而今它终于骄傲地横贯在国际数学界天空。它以光辉艳丽的色彩，赢得了世人的瞩目。

陈景润，这一普通中国青年的名字，如一颗冉冉上升的希望之星，闪耀在群星璀璨的数学领空里。

陈景润，这一曾被讥讽为丑小鸭的新中国年轻的数学家，怀抱着满腔的夙愿，历尽种种挫折和坎坷，以坚韧不拔的毅力和难能可贵的勇气，不屈不挠地沿着那风沙弥漫的峻峭绝壁，向层峦叠嶂的世界数学险峰攀登着，他要亲手摘取哥德巴赫猜想这颗数学皇冠上光芒四射的明珠。

他已到达了顶峰。他仍在不懈地努力。

关于哥德巴赫猜想

哥德巴赫简介

哥德巴赫（1690～1764）是德国数学家；出生于格奥尼格斯别尔格（现名加里宁城）；曾在英国牛津大学学习；原学法学，由于在欧洲各国访问期间结识了贝努利家族，所以对数学研究产生了兴趣；曾担任中学教师。1725年，到了俄国，同年被选为彼得堡科学院院士；1725年至1740年担任彼得堡科学院会议秘

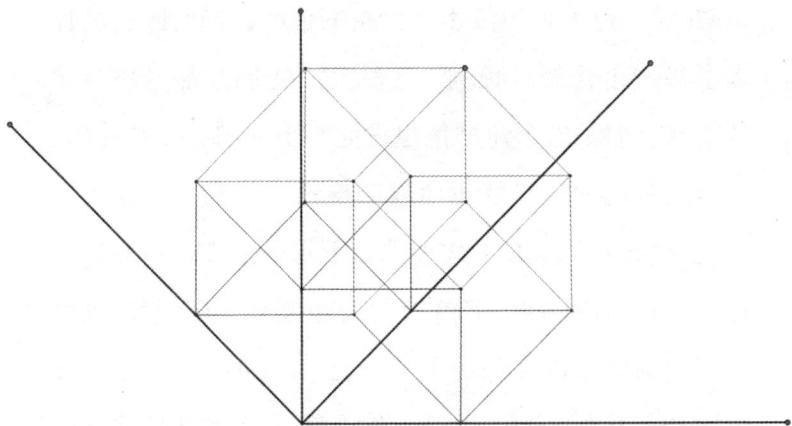

书；1742年，移居莫斯科，并在俄国外交部任职。

何谓哥德巴赫猜想

1729年至1764年，哥德巴赫与欧拉保持了长达35年的书信往来。在1742年6月7日给欧拉的信中，哥德巴赫提出了一个命题。他写道："我的问题是这样的：随便取某一个奇数，比如77，可以把它写成3个素数之和：77=53+17+7；再任取一个奇数，比如461，461=449+7+5，也是3个素数之和，461还可以写成57+199+5，仍然是3个素数之和。这样，我发现：任何大于5的奇数都是3个素数之和。但这怎样证明呢？虽然做过的每一次试验都得到了上述结果，但是不可能把所有的奇数都拿来检验，需要的是一般的证明，而不是个别的检验。"欧拉回信说："这个命题看来是正确的"，但是他也给不出严格的证明。同时欧拉又提出了另一个命题：任何一个大于2的偶数都是两个素数之和，但是这个命题他也没能给予证明。不难看出，哥德巴赫的命题是欧拉命题的推论。事实上，任何一个大于5的奇数都可以写成如下形式：2N+1=3+2(N-1)，其中2(N-1)≥4。若欧拉的命题成立，则偶数2N可以写成两个素数之和，于是奇数2N+1可以写成3个素数之和，从而，对于大于5的奇数，哥德巴赫的猜想成立。

但是哥德巴赫的命题成立并不能保证欧拉命题的成立。因而欧拉的命题比哥德巴赫的命题要求更高。现在通常把这两个命题统称为哥德巴赫猜想。

历史上的证明

从哥德巴赫提出这个猜想至今，许多数学家都不断努力想攻克它，但都没有成功。当然曾经有人做了些具体的验证工作，例如: $6 = 3 + 3, 8 = 3 + 5, 10 = 5 + 5 = 3 + 7, 12 = 5 + 7, 14 = 7 + 7 = 3 + 11, 16 = 5 + 11, 18 = 5 + 13$ ……等。有人对 33×108 以内且大过6之偶数一一进行验算，哥德巴赫猜想(1)都成立。但严格的数学证明尚待数学家的努力。

哥德巴赫的几个猜想

从此，这道著名的数学难题引起了世界上成千上万数学家的注意。两百年过去了，没有人证明它。也没有任何实质性进展。哥德巴赫猜想由此成为数学皇冠上一颗可望不可即的明珠。人们对哥德巴赫猜想难题的热情，历经两百多年而不衰。世界上许许多多的数学工作者，殚精竭虑，费尽心机，然而至今仍不得其解。

到了20世纪20年代，才有人开始向它靠近。1920年挪威数学家布朗用一种古老的筛选法证明，得出了一个结论：任何大于特定大偶数N的偶数都可以表示为两个殆素数之和的形式，且这两个殆素数只拥有最多9个素因子。（所谓"殆素数"就是素数因子，包括相同的与不同的)的个数不超过某一固定常数的奇整数。例如，15＝3×5有2个素因子，27＝3×3×3有3个素因子。）此结论被记为"9+9"。这种缩小包围圈的办法很管用，科学家们于是从"9+9"开始，逐步减少每个殆素数里所含素因子的个数，直到使每个殆素数都是奇素数为止。值得注意的是，考虑到条件"大于特定大偶数N"，利用这种方法得出的结论本质上有别于哥德巴赫猜想。

目前最佳的结果是中国数学家陈景润于1966年证明的，称为陈氏定理。"任何充分大的偶数都是一个质数与一个自然数之和，而后者最多仅仅是两个质数的乘积。"通常都简称这个结果为（1＋2）。

在陈景润之前，关于偶数可表示为 s 个质数的乘积与 t 个质数的乘积之和(简称"s＋t"问题)的进展情况如下：

1920年，挪威的布爵证明了"9＋9"。

1924年，德国的拉特马赫证明了"7＋7"。

1932年，英国的埃斯特曼证明了"6＋6"。

1937年，意大利的蕾西先后证明了"5＋7"，"4＋9"，"3＋15"和"2＋366"。

1938年，苏联的布赫夕太勃证明了"5＋5"。

1940年，苏联的布赫夕太勃证明了"4＋4"。

1948年，匈牙利的瑞尼证明了"1＋c"，其中c是一很大的自然数。

1956年，中国的王元证明了"3＋4"。

1957年，中国的王元先后证明了"3＋3"和"2＋3"。

1962年，中国的潘承洞和苏联的巴尔巴恩证明了"1＋5"，中国的王元证明了"1＋4"。

1965年，苏联的布赫夕太勃和小维诺格拉多夫，及意大利的朋比利证明了"1＋3"。

1966年，中国的陈景润证明了"1＋2"。

中国数学家的贡献

华罗庚是中国最早从事哥德巴赫猜想的数学家。1936至1938年，他赴英国剑桥大学留学，在哈代的指导下从事数论研究，并开始研究哥德巴赫猜想，取得了很好的成果，证明了对于"几乎所有"的偶数，猜想（1）都是正确的。

著名数学家华罗庚（蜡像）

1950年，华罗庚从美国回国，在中科院数学研究所组织数论研究讨论班，选择哥德巴赫猜想作为讨论的主题，倡议并指导他的一些学生研究这一问题。他曾对学生们说："我并不是要你们在这个问题上作出成果来。我的着眼点是哥德巴赫猜想跟解析数论中所有的重要方法都有联系，以哥德巴赫猜想为主题来学习，将可以学会解析数论中所有的重要方法……哥德巴赫猜想真是美极了，现在还没有一个方法可以解决它。"参加这个数论讨论班的学生有王元、潘承洞和陈景润等。

出乎华罗庚的意料，学生们在哥德巴赫猜想的证明上取得了相当好的成绩。1956年，王元证明了"3＋4"；同年，苏联数学家阿·维诺格拉朵夫证明了"3＋3"；1957年，王元又证明了"2＋3"；潘承洞于1962年证明了"1＋5"；1963年，潘承洞、巴尔巴恩与王元又都证明了"1＋4"；1966年，陈景润在对筛法做了新的重要改进后，证明了"1＋2"。1974年，由英国数学家哈勃斯坦和西德数学家李希特合著的《筛法》一书出版，书中以"陈氏定理"作为最后一章的标题。书中写道："我们本章的目的是为了证明陈景润下面的惊人定理，我们在前10章已经付印时才注意到这一结果。从筛法的任何方面来说，它都是光辉的顶点。"

摘取数学皇冠上的明珠

——著名数学家陈景润

华罗庚曾对王元说："在我的学生的工作中，最使我感动的是'1+2'。"

哥德巴赫猜想的意义

哥德巴赫猜想的内容十分简洁，但它的证明却异乎寻常的困难。从哥德巴赫写信之日起，直至1920年，并没有一个方法可以用来证明这个问题。

1900年，在法国巴黎召开的第2届国际数学大会上，德国数学家大卫·希尔伯特在他著名的演说中，为20世纪的数学家建议了23个问题，而哥德巴赫猜想（1）就是他第8个问题的一部分。

1912年，在英国剑桥召开的第5届国际数学大会上，德国数学家E·朗道将哥德巴赫猜想列为数论中按当时数学水平不能解决的4个问题之一。

1921年，数论泰斗、英国数论学家哈罗德·哈代在德国哥德哈根数学会的演讲中，宣称猜想（1）的困难程度"是可以与数学中任何未解决的问题相比拟的"。

我国数学家王元说："哥德巴赫猜想不仅是数论，也是整个数学中最著名与困难的问题之一。"

徐迟的《哥德巴赫猜想》是怎样产生的

　　1978年发表在《人民文学》第一期的报告文学《哥德巴赫猜想》，至今仍被文学界和读者常常提及和谈论，三十多年过去了，这篇报告文学的作者徐迟和主人公陈景润皆已去世，他们曾经感动和激励着一代人为"科学的春天"奋斗，为改革开放的伟大事业奋斗，两位先生将长垂史册。

　　那么，这篇作品是怎样产生的呢？

　　说来话长。20世纪70年代末，虽然极"左"思潮登峰造极的"文革"已经结束，但人们的思想还受到"两个凡是"的束缚。组织这篇报告文学是缘于当时中央提出"四个现代化"的奋斗目标，而实现"四个现代化"，自然需要知识，需要知识分子。

　　科学大会的召开，意味着中国文化的新方向，预示科学的春天即将到来。获此信息，《人民文学》编辑部的同志们深受鼓舞，同时也就想到了自己应负的责任和使命。作为一家全国性的文学刊物，《人民文学》如能在这个时候组织一篇反映科学领域的报告文学，读者一定会喜欢看的，同时也可借此推动思想解放的大潮，呼吁人们尊重知识，尊重知识分子。这便是当初一些朴素的想法。

然而，写谁好呢？又请谁来写呢？就这两个问题编辑部展开了讨论。

对于报告文学来说，选题和选作者同等重要，如果两者都选准了，这篇作品几乎可以说就有成功的把握。

突然间我们想起当时流传的一个民间故事，即有个外国代表团来华访问，成员中有人提出要见中国一名大数学家陈景润教授。因为，他从一本权威科学杂志上看到了陈景润攻克世界数学难题"哥德巴赫猜想"的学术论文，十分敬佩。我国有关方面千方百计寻找，终于在中国科学院数学研究所发现了这位数学家。

谁也不知道他取得的这一了不起的成果。陈景润埋头潜心于论证。平日他将自己封闭在一间仅6平方米的宿舍里，趴在床上日夜演算，反复印证，刻苦钻研，悄悄地攻关。

他领先突破了一道世界难题，惊动了国际数学界！

应该说，这是一位有贡献的科学家。然而同时又传出他的许多不食人间烟火的事，据说他是一个"科学怪人"。

编辑部的同志们一致认为，就写陈景润吧！不管怎样，他是有贡献的。

那么，找谁来写好呢？大家都不约而同地想到了徐迟。

徐迟虽是一位诗人，但他做过新闻记者，写过不少通讯特写，他发表在1962年《人民文学》上的人物特写《祁连山下》描写一位敦煌艺术家的创业事迹，在当时反响颇好。他比较熟悉知识分子，如果请他来写数学家陈景润，估计能写得很好。

于是，我挂长途电话到武汉，寻找久违了的诗人。时值1977年深秋，这年，诗人已63岁。听得出，徐迟在电话里的声音是多么激动！对于我们邀请他来京采访陈景润一事，他很高兴，但只是说，"试试看"。几天后，他风尘仆仆地从扬子江边赶来了。

为什么说"试试看"呢？一是他觉得数学这门学科他不熟悉更不懂；二是听说陈景润是个"科学怪人"，尽管他对突破"哥德巴赫猜想"有贡献，成就是了不起的，但这样的"怪人"好采访吗？

因此，他有些犹豫不定，只能说进入采访后再决定吧。

果然他抵达北京几天后，接触到几位老朋友，大家一听说他来写陈景润，也都好心劝他换个题目。

这时，我告诉他，我已同中国科学院有关方面联

摘取数学皇冠上的明珠

系，得到了院领导方毅同志的支持。他说："那太好了！"并说，他也向一位老同志谈了，征求意见，那位老同志说："陈氏定理了不起啊！应该写。"

这位老同志是谁呢？我事后才知道，原来是徐迟的姐夫、解放军副总参谋长伍修权将军。将军的支持，坚定了徐迟的决心。

一个艳阳秋日里，我陪同徐迟到了北京西郊中关村的中科院数学研究所。接待我们的是数学所党支部书记李尚杰同志。这是一位深受科学家爱戴的转业军人干部，陈景润对他更是百倍信赖，什么心里话都对他述说，这是很难得的。

在办公室，老李动情地向我们讲述着小陈钻研科学的故事。不一会儿，他离开办公室，带进来一个个头儿不高、面颊红扑扑，身着一套普通旧蓝制服的年轻人。这个年轻人一进门便和我们热情握手，直说："欢迎你们，欢迎你们。"老李这才向我们介绍说："这就是小陈，陈景润同志。"

我和徐迟同志没有想到这么快见到陈景润，一个十分朴素的数学家。

李尚杰同志向他说明我们的身份和来意后，我又特意向他介绍说，我们特约徐迟同志来采访你如何攻克"哥德巴赫猜想"难关，攀登科学高峰，写一篇报告文学，准备在《人民文学》上发表。他紧紧握住徐迟的手说："徐迟，噢，诗人，我中学时读过你的诗。哎呀，徐老，你可别写我，我没有什么好写的。你写写工农兵吧！写写老前辈科学家吧！"

徐迟笑了，告诉他说："我来看看你，不是写你，我是来写科学界的，来写'四个现代化'的，你放心好了。"小陈笑了，说："那好，那好，我一定给你提供材料。"

于是，我们便随意交谈起来。徐迟问他"哥德巴赫猜想"攻关最近进展情况如何？他说："到了最后关头，但也正是难度最大的阶段。"他说他看到叶剑英元帅最近发表的《攻关》一诗，很受鼓舞。

说着，他便顺口背诵出来："攻城不怕坚，攻书莫畏难，科学有险阻，苦战能过关。"背毕，他充满信心地说："我要继续苦战，努力攻关，攀登科学高峰。"

我们又问他最近还在考虑什么问题，他说，最近没有顾上别的，只是收到一个国际会议的邀请，领导让他自己考虑去不去的问题。

接着，他告诉我们，不久前他收到国际数学联合会主席先生的一封邀请函，邀请他去芬兰参加国际数学家学术会议，并作45分钟的学术报告。

他说，据主席先生在信中介绍，出席本次会议的

摘取数学皇冠上的明珠

有世界各国的学者三千多人，但确定做学术报告者仅十来名，其中，亚洲只两名，一个是日本的一位学者，一个便是中国的陈景润。他觉得事关重大，便将此信及时交给了数学所和院领导。

当时，中国科学院的领导同志接见了他和李尚杰书记，亲切地对他说，你是大数学家，国家很尊重你，这封信是写给你的，由你考虑，去还是不去，考虑好了，你可以直接回信答复。告诉我一声就是了。

这使陈景润很受感动，领导这么信赖他，科学院这么关怀他，他从内心里感激！

回到所里，经过一番认真考虑，并做了一些调查研究之后，他很快写了一封回信。他信里大致有如下三点内容：第一，我国一贯重视发展与世界各国科学家之间的学术交流和友好关系，因此，我感谢国际数学会主席先生的盛情邀请；第二，世界上只有一个中国，就是中华人民共和国；台湾是中国不可分割的一个省，而目前台湾占据着数学会的席位，因此，我不能参加；第三，如果驱逐了台湾代表，我可以考虑出席。

回答是何等富有原则！

简直出乎我们意料之外！他绝不像传说中的那样"傻"，那样"痴"，而是一个很有政治头脑的科学家。

他很有耐力和韧性。在那样艰难的条件下，能够坚持攻克"哥德巴赫猜想",需要多么大的毅力。

徐迟动情地悄声对我说:"周明,他多可爱,我爱上他了!就写他了。"

毕竟,对于刊物来说,这是一个重要的选题,一个需要慎重对待的选题。虽然这件事运作前我们已经汇报给主编张光年(光未然)同志,他表示支持,但今天这些新的情况必须向他及时汇报。

当晚,我安排徐迟住进中关村科学院招待所后,立即返回城里,直奔东总布胡同46号张光年同志家,当面向他述说了当日我们的感受。

张光年饶有兴味地听着,还不时提问。考虑片刻,他斩钉截铁地说:"好哇!就写陈景润!不要动摇。现在党中央提出搞'四个现代化',这就要依靠知识和知识分子!陈景润如此刻苦钻研科学,突破了'哥德巴赫猜想',这是很了不起的!这样的知识分子为什么不可以进入文学画廊?!"他示意我说:"你转告徐迟同志,我相信他会写出关于陈景润的一篇精彩的报告文学,就在明年一月号《人民文学》上发表。"

主编张光年的果断拍板,促成了《哥德巴赫猜想》的出世。

为了写好这篇报告文学,徐迟进行了深入采访和大量调查研究。他住在中关村,白天黑夜都排满了采访日程。他先后采访了许多著名的数学家，其中有陈景润的老师，有陈景润的同学，也有现在的同事。有讲陈景润好的，也有对陈景润有看法的。讲好的、讲坏的，正反两方面意见他都认真地倾听。他说："这样才能做到客观地全面地判断一件事物、一个人。"这期间，他花了很多时间硬"啃"了陈景润的学术论文。我说："好懂吗？"他摇摇头说："不好懂，但是要写这个人必须对他的学术成就了解一二。对于数学，虽然不可能都懂，但对数学家本人总可以读懂。"

有一天，徐迟在食堂吃饭，一位女同志知道他是作家来写陈景润的，便直言劝告他："别写陈景润。科学院、数学所的优秀科学家多的是，干嘛非写陈景润？这可是个有争议的人物。写写数学所的杨乐、张广厚也好啊。"

当然，采访中赞成写陈景润的人也不少。

在数学研究所，徐迟去了陈景润经常出入的图书馆，去了他的办公室，跟他一起进食堂，一块儿聊天。很快，他和陈景润成了知心的朋友。但是唯独没有看到过一个重要的地方——陈景润解析"哥德巴赫猜想"的那间 6 平方米的房间。如果不看看这间小屋，势必缺少对他攻关的环境氛围的直接感受，那该多遗憾！

为此，我们一再向李尚杰同志表达这个小小的愿望。老李说："小陈可是从来不让人进他那间小屋的！他每次进了门就赶紧锁起来，使得那间小屋很神秘。我倒是进去过，如果你们要进去，只能另想办法。"

经策划，这天我和徐迟、李尚杰三人一同上楼，临近陈景润房间时，老李去敲门，先进屋。我和徐迟过了十分钟后也去敲门，表示找李书记有急事，然后争取挤进屋去。

当我敲响门，陈景润还未反应过来，李尚杰抢先给我们开了门，来了个措手不及，我和徐迟迅速跨进了屋，他也只好不好意思地说："请坐，请坐。"其实，哪里能坐呀！我环顾四周，室内一张单人床，一张简陋的办公桌和一把椅子。墙角放了两个鼓鼓囊囊的麻袋，一个装的是他要换洗的衣服，另一个全是计算题手稿和废纸。办公桌上除了中间常用的一小片地方，其余桌面上落满了灰尘。他有时不用桌子，习惯将床板的一角褥子撩起，坐个小板凳趴在床上思考和演算。真可谓艰苦奋斗！

徐迟经过深入采访，经过一番梳理、思索和提炼，反复斟酌，几番修改，报告文学《哥德巴赫猜想》终于完成。

《人民文学》以醒目的标题，刊发在一九七八年一月号头条。

这期刊物出版时，我正陪同徐迟奔波在遥远的云南西双版纳热带植物园里，采访病中的著名植物学家蔡希陶。这就是后来徐迟发表在《人民文学》上的报告文学《生命之树常绿》。

《哥德巴赫猜想》一经问世，立即引起读者热烈反响。许多人争相购买和竞相传阅，各地报纸、广播电台纷纷全文转载和连续广播。党政军领导干部喜欢文学的和平时不太关心文学的，也都找来一遍又一遍地阅读。

当时，中央关于彻底否定"文化大革命"的决议尚未做出，而人们积压已久的愤懑被徐迟痛快地说了出来，这正是徐迟作为一个报告文学作家的政治敏锐性。

一时间《哥德巴赫猜想》飞扬神州大地，几乎家喻户晓。陈景润也因此名声大噪，天天都有大量读者来信飞往数学所。直至过了几个月，我和徐迟再去数学所看望陈景润时，他指着堆满办公室的若干满满当当的麻袋，既兴奋又忧虑地告诉我们："这么多的来信可怎么办哪！"起初少量来信，他还回得过来，成麻袋成麻袋的就不好办了。他觉得不回信，对不住热情的读者，也不礼貌。可要一一作复实际上又不可能，他因此感到不安。

其中，还有些信是一些女孩子写的，有的对他表示同情，有的表示爱慕他，愿和他结为伴侣，照料他的生活。还有附寄了照片的。陈景润很善良，也很纯真，这类信，他说都放在一起，锁起来，免得有人利用。

同样，徐迟也每天收到大量来自全国各地的读者来信，他都一一认真地阅读。尤其是提出宝贵意见的信，他着意收藏起来，在他编辑集子时，多数都参照着读者的有益意见做了改动。他特别在集子的后记中说："应《人民文学》的召唤，写了一篇《哥德巴赫猜想》。这时我似乎已从长久以来的冬蛰中苏醒过来。"

是啊，由于他的苏醒，也使许多读者苏醒过来。这正是《哥德巴赫猜想》所产生的不可估量的社会效应和历史价值。

不久前，我在纪念一代伟人邓小平的传记片中，看到了小平同志接见陈景润的画面。邓小平同志还充满深情地说："（陈景润）这样的科学家中国有一千个就了不得！对这样的科学家应该爱护、赞扬！"

这是党对陈景润最高也是最恰当的评价。

此后，诗人徐迟和报告文学结下了不解之缘，他一发不可收，陆续写作并在《人民文学》上发表了一系列反映四个现代化、描写科学家的优秀报告文学。

陈景润与由昆的绝世之恋

爱情是世界上最奇妙的一种感情，这种感情往往很难解释。陈景润对由昆的爱情同样很难解释。陈景润对由昆的爱只能说是来自命运的一种暗示，来自一种直觉，来自一种心灵感应。真正的爱是没有尽期的。它会以各种各样的方式延续。

1978年，当年轻、漂亮的女军医由昆开始接受比她年长18岁的著名数学家陈景润的爱情，并于两年后和陈景润一起步入婚姻殿堂的时候，她也许并没有意识到自己究竟在做着一桩怎样的事，而这件事对她的一生、对这个世界又会具有什么样的意义，产生什么样的影响。由昆是单纯、莹洁的。单纯、莹洁的由昆当然不会想那么多，而且她也无须想那么多。但是，时至今日，当我们以旁观者的身份静下心来，认真、仔细地回视和思考一下由昆这二十多年来所走过的生命历程和情感历程的时候，我们不能不对由昆这样一位普通的女军医产生极大的敬意。我们甚至不能不说，由昆以她二十多年来所走过的生命历程和情感历程向世人讲述了一个十分感人的爱情故事，并向世界诠释了什么才是最纯真、最执着、最长久、最丰盈和最刻骨铭心的爱情。

最美好和最感人的爱情总是包含着许多细节。由昆和陈景润的爱情就是由细节开始，并且由细节延伸。

1978年秋天，曾在6平方米的小屋，在床板上借一盏昏暗的煤油灯，用一支笔耗去好几麻袋的草稿纸，攻下著名的数学难题"哥德巴赫猜想"，又随着报告文学《哥德巴赫猜想》的广泛传播而名满天下、家喻户晓的陈景润正躺在解放军309医院的病床上。这一天，几个医护人员来到他的病房查房，抬眼时，陈景润的心禁不住猛地一动。他看到了一双他从来没有见到过的大而明亮的眼睛和一张那么美丽的面孔。几乎就是在那一瞬间，陈景润便对眼前这位尚不知姓名的姑娘心动。

是由昆的美丽吸引和打动了陈景润？是，又不是。因为在陈景润出名后向他求爱的姑娘中有比由昆更漂亮的，但陈景润一直心无所动。是由昆的职业、身份或是家庭背景吸引和打动了陈景润？显然也不是。因为此时的陈景润对由昆的一切近乎一无所知。

从由昆的眼睛、姿态、气质和气息中，他感觉到，由昆是他生命中所需要和不可缺少的人。他的生命将因为有了这样一位女性而幸福、完美。

　　陈景润的直觉没有错。后来所发生的一切充分证明了这一点。

　　又是一个细节。

陈景润的妻子由昆

那是几天后，陈景润已经借着由昆来查房的机会和她说了几次话，知道她是从武汉军区 156 医院到北京 309 医院进修，知道她还没有男朋友，知道她现在正在学英语。于是，就在他找出理由让由昆和他一起学英语的时候，他对由昆说出了这么一句英语："I love you!"为了加重自己的情感表达，他又用中文发出这样的感叹："如果我们能够生活在一起就好了！"

陈景润是认真的。在向由昆直白地表达自己的爱情时的陈景润已经 45 岁。45 岁的陈景润平生第一次向一位女性表露了自己强烈的爱慕之情。在发生这一幕之前，熟读了徐迟那篇报告文学的人都以为陈景润是个只知道研究数学的十足的书呆子。而陈景润在爱情上的主动态度，则让我们看到了一位大数学家丰富的情感世界和性格中的另外一面。

这一切，都是由昆引发和带来的。为此，我们不能不感谢由昆。

陈景润对由昆一见钟情。但由昆接受陈景润的爱情则有一个过程。

最初的时候，由昆是被陈景润的爱情吓坏了。

由昆不可能不被吓坏。因为陈景润的爱情来得太突然了，她没有一丁点的思想准备。陈景润是位举世闻名的大数学家，自己只是个普通的医生；陈景润已经 45

岁，而自己只有27岁。由昆对陈景润也有好感，由昆也很尊敬和佩服陈景润，但由昆从没想过要让陈景润做自己的丈夫，她觉得这不合适，甚至根本不可能。

也许是潜意识中，由昆觉得陈景润的这份爱情太重，她承受不起。也许是由昆觉得在接纳和承受这一份爱情的时候，还将同时承受世人的种种质疑。在思考没有成熟的时候，由昆选择了回避。

当由昆感受到了陈景润在被她拒绝后的沮丧、痛苦和失魂落魄，当由昆感觉到陈景润一天数度走到病房外面晾晒衣物其目的只是为了借机多看到自己几眼，当她听到陈景润对她说"我们不能在一起的话，我这一辈子都不会结婚了"，善良的由昆终于大着胆子鼓足勇气对陈景润说出了这样一句话："那我们再相互了解一下吧！"

就是这么一句话，让本来已经失望至极的陈景润一下子又看到了希望。也就是从说出这句话开始，由昆从心理上慢慢开始接受了陈景润，接受了陈景润的爱情。一种纯真的爱情开始从由昆的心头产生，并且越来越强烈，直至深入她的血液和骨髓。

由昆当时毕竟还是个年轻的姑娘。即便她从情感上已经开始接纳陈景润，但她的内心仍存在着一份惶惑和犹疑。她和陈景润之间毕竟反差太大了。她担心世人会指责她是追名逐利。于是，她写信给她的父亲，请他给自己出主意。父亲的信回得很快，但内容显然是经过深思熟虑的。父亲在信中写道："陈景润是认真的，你不要拒绝命运多舛的陈景润，不要伤他的心。"

父亲的信对坚定由昆的感情起到了十分重要的作用。我们不能不对这位参加革命多年的老军人同样产生极大的敬意。由昆的父亲也是从艰难、坎坷中走过来的，他知道陈景润从小到大也吃过很多苦。他不忍心再看到陈景润遭受任何伤害。作为长者，他当然清楚女儿和陈景润相爱以后将面临的一切，但他依然觉得即便女儿将来的付出再大，也是值得的。这位老军人无疑是有眼光、有爱心和襟怀博大的人。他对陈景润的理解和尊重体现了一个真正开始崛起的民族和一个新的时代对自己民族和自己时代杰出科学家的最大理解和尊重，他的态度和价值取向体现了我们这个民族对优秀知识分子应有的精神关怀和人文关怀。

显然，由昆对陈景润的爱情绝不是一种普通的爱情，在某种程度上，这种爱情中也包含了全体国人对中华杰出之子的感情。这种爱情客观上所负载的东西使其一开始就具有了不同寻常的意义。美好的爱情总会让人显现出人性中最为美好和最为丰富的一面。

恋爱中的人都是孩子，这句话用在陈景润的身上是再合适不过了。由昆的爱情不仅给陈景润带来了一种狂喜，而且使他变得孩童般的活泼和天真。

在那段恋爱的日子里，陈景润和由昆相依相伴，一起去看北京香山的红叶，一起去植物园观赏奇异的植物，一起登临长城，一起游览十三陵水库。走在大自然中的陈景润一点也没有传说中的那种书呆子气，相反，他显得特别活跃。每一朵花每一棵草，都会引起他由衷的赞叹，每一株树每一只鸟，都会令他开心不已。而他的天真和孩子气又更激发了由昆对他的爱。在纯真的爱中，两人之间年龄的差距消失了，两人之间地位上的差距也消失了。他们成为世界上最相称、最般配、最亲密、最幸福的一对恋人。

经过两年的相恋，1980年8月，由昆和陈景润正式结婚。

他们的婚礼非常简单。没有举行什么仪式，甚至两人连一套新衣服也没有做，就是买了点糖果散发给前来贺喜的领导和同志，顺便请大家吃了一顿饭。

但是，结婚的那一天，由昆显得特别漂亮，陈景润更是容光焕发。他们的表情，他们的神采，都透出一种发自心底的喜悦和幸福。

陈景润和由昆虽然是1980年结的婚，可在婚后长达两年的时间里一直两地分居着，直到1983年，在邓小平的直接过问下，由昆从武汉军区调到北京，在解放军309医院供职。此时，32岁的由昆和50岁的陈景润，才开始了真正的家庭生活。

在婚姻中，陈景润对由昆的爱是真挚、赤诚和充满孩子气的。

他对由昆有着一种深深的依恋。

他叫由昆"由"。

他对由昆说："由，我喜欢你穿军装，你穿军装真漂亮！"因为由昆穿军装漂亮，他竟自己也让由昆弄了套军装穿在身上，并且很以自己是军属为荣。

他把自己的生活全都交给由昆安排。一切全听由昆的。

他把听由昆的和接受由昆的安排，当作一种幸福和满足。

他要理发，可当时外面理发店很少，理发很麻烦。由昆说："那我给你理好不好？"他一听，忙答："好啊，好啊！"可由昆哪里会理发呢？胡乱地推呀推，剪呀剪的，结果把他的头发理得像狗啃似的，可他照样高兴得不得了，美滋滋地就到数学所上班去了。

由昆生孩子时，需要做剖宫产手术，陈景润就是不肯在手术单上签字，他一定要医生向他保证手术不要对她的身体有任何影响才签。哆哆嗦嗦地签了字后，医生问他，万一手术出现问题，是保大人，还是保孩子。陈景润立刻毫不犹豫地回答："当然保大人！"

当由昆和陈景润的儿子来到这个世界上后，陈景润最先给儿子起名叫"由伟"，后来，在由昆的说服下，前面才加了个"陈"姓。"陈"和"由"是他和由昆的姓，"伟"则寄托了他对孩子最美好的希望。

在陈景润的心中，"由"的位置排在最前面，"由"的分量最重。

就是这样一份真心和真爱，使由昆的心中一直盈满了幸福和感动，并且使她不管后来承受了多少辛苦，始终无怨无悔。

由昆对陈景润的爱情则包含了很多成分，这其中有对老师的崇敬、对孩子的宠爱，还有对丈夫的信赖和依靠。

由昆一直称呼陈景润"先生"。在由昆的心目中，陈景润首先是一位大数学家，是一个国家和一个民族不可多得的人才。

陈景润在由昆面前所表现出的天真使由昆也在心底里拿陈景润当孩子。由昆本来是个粗心人，但是，和陈景润结婚后，她却变得特别细致和有耐心。她周到地安排着陈景润的生活，包括给他做可口的饭菜，挑选适合他穿的衣服，陪他锻炼、散步。

当时，由昆既要上班，又要带孩子，还要照顾陈景润，非常辛苦。但是，她一点也不觉得委屈。守着先生，守着一大一小两个孩子，她感到很踏实，很幸福，很满足。

由昆在和陈景润结婚时，对自己今后的付出是有一定的心理准备的。作为医生，她十分清楚陈景润的身体状况。她希望通过自己的小心呵护能够维持住陈景润的健康。

但是，料想不到的是，1984年，陈景润先是在一次过马路的时候，被一个骑自行车的小伙子撞了一下，后脑勺着地，几个月后在乘公共汽车时，又被人从车上挤下摔伤。这接连发生的两次灾祸彻底损伤了陈景润的健康，使得由昆原先对家庭生活的美好设想成为泡影，她不得不承担起比她原先所想象的要更沉重得多的责任和使命。

这就是命运。

命运安排了由昆和陈景润相识、相知、相爱，也安排了她要承担起照料一位伟大的数学家这样一种责任和使命。

由昆是坚强的。她坦然地接受了命运的这样一种安排。

命运对她的这样一种安排，对陈景润来说，显然是一种福分；而对由昆来说，她同样视其为一种幸福，理由很简单，因为，她爱陈景润，她愿意这么做。

陈景润的病情十分严重，他的身体状况也差到了极点。

陈景润除长期患有帕金森氏综合征外，因摔伤做股骨置换手术，术后又出现骨化性肌炎，站立困难；慢性咽喉炎使喉头麻痹，言语不清，吞咽困难。此外，他还有许多器质性功能受损。从1984年到去世时的1996年，这12年中，陈景润的日子几乎全是在医院度过的。在这12年中，由昆吃了多少辛苦，经受了多少艰难，实在难以细说。

严冬的早晨。连值了24小时的班，刚从医院下夜班的由昆急匆匆地登上一辆公共汽车，赶往陈景润住院的地点广安门。她小心翼翼地提着熬好的汤，目光中充满了焦急。这段路途太远了，她要连倒3次车才能到医院。

盛夏的中午。由昆的两只手上提着东西，肩上搭着两个网兜，网兜里装着两个大西瓜。她满头大汗，一步步地沿着楼梯往陈景润住的6楼爬。

在医院一个很小的洗澡的地方，由昆弯着背，轻轻地一点一点地擦洗着陈景润的身子。替陈景润洗完澡之后，她又忙着洗陈景润换下的衣服。

病房。一口痰堵在陈景润的喉咙里，他没有办法把痰咳出。守在旁边的由昆赶紧用吸痰器帮助陈景润吸痰。

病房。由昆在一点一点地喂陈景润饭。陈景润得帕金森氏症后，肌张力非常高，面部肌肉被锁住，牙齿总是咬得紧紧的。他想吃，可又吃不进去。由昆心疼得泪水直在眼眶里打转。

12年中，由昆一直四处寻医问药，希望能够减轻陈景润的病痛。12年中，由昆一直精心伺候、照顾着陈景润，悉心陪伴他，希望他能够恢复健康。但是，病魔却死死缠住陈景润不放。

陈景润的生命还是走到了最后时刻。

1996年1月17日傍晚，住在中关村医院的陈景润发高烧达40度，持续数日不退，医生诊断为肺炎。27日清晨出现呼吸困难，经紧急抢救，约8分钟后恢复心跳、呼吸。随后，经中组部、卫生部负责同志的联系，转入北京医院。北京医院尽了最大努力进行治疗和抢救。然而，1996年3月19日13时10分，陈景润还是在由昆不停的呼唤声中永远地闭上了眼睛。

陈景润在他病危的时候，用只有由昆才能听得懂的声音，对一直守在身边的由昆说："由啊，我对不起你。"爱妻子，却拖累了妻子，而且无法与妻子相伴终生，陈景润表示出自己最大的歉意和遗憾。由昆则紧握住丈夫的手，含着泪水说："先生，这是我情愿的，我愿意。只要你能够好起来就行了。"

这些话语也许都是些普通的话语。但是，一种绝世深爱却在这普通的话语中体现到了极致。

陈景润的走给由昆带来了巨大的痛苦。

陈景润是由昆精神的支柱。陈景润躺在病床上时，由昆虽然辛苦，但她感到自己有一份真挚的爱情，有一个完整的家。她宁愿就这样照顾自己的先生，照顾他一百年，自己就是吃再多的苦也没关系。可陈景润离去之后，她感到自己的天空突然一下子坍塌下来，脑子里一片空白。她的精神几近崩溃。但由昆最终并没有倒下，而支撑她继续生活下去的，依然是爱，是陈景润未了的心愿，那就是把她和先生共同的孩子带大、带好……

陈景润的遗体火化之后，一部分骨灰存到了八宝山，剩下的骨灰则被由昆拿了回来。她把陈景润的骨灰放在家里。那段日子，由昆经常走到陈景润的骨灰盒边，对着骨灰盒说话。她感到先生还活着，还在家里。

有时夜里失眠，睡不着，由昆就一遍遍地像过电影似的回忆先生在时的日子，回忆一家三口的欢乐、温馨的生活。

人们常说，时间能够疗治心灵的一切创伤。可时至今日，陈景润去世已经多年了，只要一提起陈景润，由昆依然会很难过，而且需要很长一段时间才能够摆脱那种悲伤的情绪。爱陈景润她没有后悔，做陈景润

陈景润之墓

——摘取数学皇冠上的明珠

著名数学家陈景润

的妻子她更没有后悔。她唯一感到后悔的是，她没能早一点认识先生，没能更早一点和先生在一起。

陈景润非常喜爱自己的儿子。孩子还不到两岁时，他就在家里教孩子认字，说英语。他一心希望孩子将来能成为对国家有贡献的人。

陈景润走的时候，孩子只有14岁。他很有些放心不下。由昆对陈景润说："先生你放心，我无论如何会把孩子培养成人，我一定要让他接受最好的教育。"陈景润去世后，昆潜心教育儿子完成了对先生的承诺。

2000年，由昆还做了一件重要的事情，那就是为陈景润挑选了一处新的归宿。

2000年5月21日，在这一天的早上，著名数学家陈景润的骨灰在陵园仪仗队的护卫下被安放在象征着他所取得的数学成就的"1+2"造型墓中。整个墓背靠青山，左临桃林，右有如意湖，湖光山色交相辉映。由昆知道陈景润生前爱花，爱树，爱大自然，因此，她特地为先生挑了这么一个环境优雅而又恬静的地方。

由昆以这样一种方式继续表达着自己对先生的敬重、景仰和爱。

由昆对陈景润的爱已经进入了血液，深入骨髓。

她无法从对陈景润的爱中走出。

她说："如果有下辈子的话，我还会嫁给他。"

由昆对陈景润的爱至真至纯。这种至真至纯的爱足以打动天下所有人的心。

由昆在厦门大学陈景润雕塑旁

中国古代著名数学家简介

刘　徽

刘徽（约225~约295年），是中国数学史上一个非常伟大的数学家，在世界数学史上占有重要的地位。他的杰作《九章算术注》和《海岛算经》，是我国最宝贵的数学遗产。

贾　宪

贾宪，中国古代北宋时期杰出的数学家。曾撰写的《黄帝九章算经细草》（九卷）和《算法敩古集》（二卷）均已失传。他的主要贡献是创造了"贾宪三角"和"增乘开方法"，增乘开方法即求高次幂的正根法。目前中学数学中的混合除法，其原理和程序均与此相仿，增乘开方法比传统的方法整齐简捷、又更程序化，所以在开高次方时，尤其显出它的优越性，这个方法的提出要比欧洲数学家霍纳的结论早七百多年。

秦九韶

秦九韶（1208~1268年），字道古，祖籍鲁郡

（今河南龟县）。先后在湖北，安徽，江苏，浙江等地做官，1261年左右被贬至梅州（今广东梅县），1268年在梅州辞世。他与李冶，杨辉，朱世杰并称宋元数学四大家。早年在杭州"访习于太史，又尝从隐君子受数学"，1247年写成著名的《数书九章》。《数书九章》全书18卷，81题，分为9大类。其最重要的数学成就——"大衍求一术"与"正负开方术"(高次方程数值解法)，使这部宋代算经在中世纪世界数学史上占有突出的地位。

李　冶

李冶(1192～1279年)，原名李治，号敬斋，金代真定栾城人，曾任钧州（今河南禹县）知事，1232年钧州被蒙古军所破，遂隐居治学，后被元世祖忽必烈聘为翰林学士。1248年撰成《测圆海镜》，其主要目的是说明用天元术列方程的方法。"天元术"与现代代数中的列方程法相类似，"立天元一为某某"，相当于"设 x 为某某"，可以说是符号代数的尝试。李冶还有另一部数学著作《益古演段》也是讲解天元术的。

朱世杰

朱世杰（1249~1314年），字汉卿，号松庭，寓居

——著名数学家陈景润

摘取数学皇冠上的明珠

燕山（今北京附近），"以数学名家周游湖海二十余年""踵门而学者云集"（莫若、祖颐：《四元玉鉴》后序）。朱世杰数学代表作有《算学启蒙》（1299）和《四元玉鉴》（1303）。《算术启蒙》是一部通俗数学名著，曾流传海外，影响了朝鲜、日本数学的发展。《四元玉鉴》则是中国宋元数学高峰的又一个标志，其中最杰出的数学创作有"四元术"（多元高次方程列式与消元解法）、"垛积术"（高阶等差数列求和）与"招差术"（高次内插法）。

祖冲之

祖冲之（公元429～500年）祖籍是现今河北省涞水县，他是南北朝时期的一位杰出数学家、天文学家。

祖冲之在数学方面的主要成就是关于圆周率的计算，他算出的圆周率为3.1415926<π<3.1415927，这一结果的重要意义在于指出误差的范围，是当时世界最杰出的成就。祖冲之确定了两个形式的π值，约率355/173(≈3.1415926)密率22/7(≈3.14)，这两个数都是π的渐近分数。

祖 暅

祖暅，祖冲之之子，同其父祖冲之一起圆满解决了球面积的计算问题，得到正确的体积公式。现行教材中著名的"祖暅原理"，是祖暅对世界杰出的贡献。

杨 辉

杨辉，中国南宋时期杰出的数学家和数学教育家。其著作甚多。

他著名的数学书共5种21卷。著有《详解九章算法》12卷（1261年）、《日用算法》2卷（1262年）、

《乘除通变本末》3卷（1274年）、《田亩比类乘除捷法》2卷（1275年）、《续古摘奇算法》2卷（1275年）。

他在《续古摘奇算法》中介绍了各种形式的"纵横图"及有关的构造方法，同时"垛积术"是杨辉继沈括"隙积术"后，关于高阶等差级数的研究。杨辉在"纂类"中，将《九章算术》246个题目按解题方法由浅入深的顺序，重新分为乘除、分率、合率、互换、二衰分、叠积、盈不足、方程、勾股等9类。

赵 爽

祖冲之

赵爽，三国时期东吴的数学家。曾注《周髀算经》，他所作的《周髀算经注》中有一篇《勾股圆方图注》全文五百余字，并附有云幅插图（已失传），这篇注文简练地总结了东汉时期勾股算术的重要成果，最早给出并证明了有关勾股弦三边及其和、差关系的二十多个命题，他的证明主要是依据几何图形面积的换算关系。

赵爽还在《勾股圆方图注》中推导出二次方程(其中 $a>0, A>0$)的求根公式在《日高图注》中利用几何图形面积关系，给出了"重差术"的证明。（汉代天文学家测量太阳高、远的方法称为重差术）。

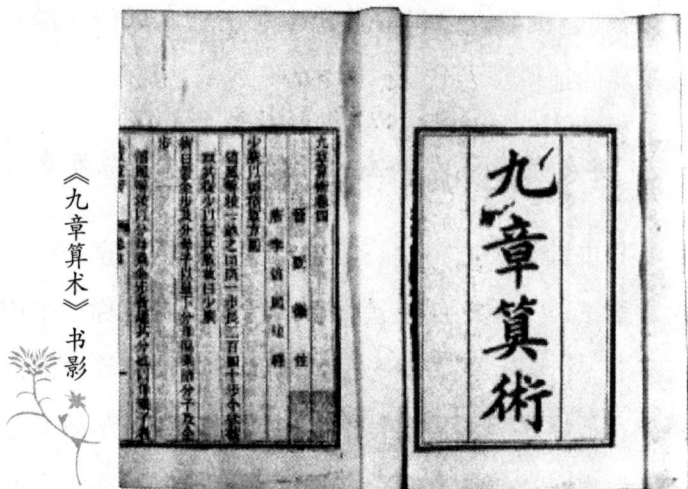

《九章算术》书影

——摘取数学皇冠上的明珠
——著名数学家陈景润

中国当代著名数学家简介

1. 中国近代数学的先驱——熊庆来

熊庆来，我国著名数学家，主要从事函数论方面的研究工作，定义了一个"无穷级函数"，国际上称为"熊氏无穷数"。熊庆来在"函数理论"领域造诣很深。1932年他代表中国第一次出席了瑞士苏黎世国际数学家大会，1934年，他的论文《关于无穷级整函数与亚纯函数》发表，并以此获得法国国家博士学位，成为第一个获此学位的中国人。在这篇论文中，熊庆来所定义的"无穷级函数"，国际上称为"熊氏无穷数"，被载入了世界数学史册，奠定了他在国际数学界的地位。

2. 卓越的数学家和杰出的教育家——苏步青

苏步青，中国科学院院士，杰出的数学家，被誉为数学王，与棋王谢侠逊、新闻王马星野并称"平阳三王"，主要从事微分几何学和计算几何学等方面的研究。他在仿射微分几何学和射影微分几何学研究方面取得出色成果，在一般空间微分几何学、高维空间

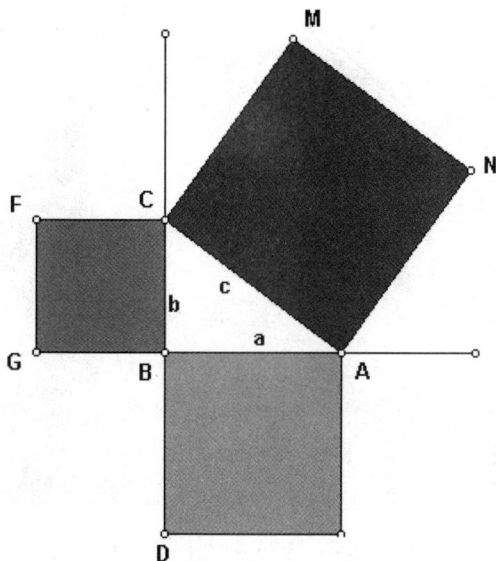

共轭理论、几何外形设计、计算机辅助几何设计等方面取得突出成就。曾任中国科学院学部委员、多届全国政协委员、全国人大代表，第五、第六届全国人大常委会委员，第七、第八届全国政协副主席和民盟中央副主席等职。获1978年全国科学大会奖。

3. 著名数学大师，沃尔夫数学奖得主——陈省身

1931年入清华大学研究院，1934年获硕士学位。1934年在汉堡大学从Blaschke学习。1937年回国任西南联合大学教授。1943年到1945年任普林斯顿高等研究所研究员。1949年初赴美，旋任芝加哥大学教授。1960年到加州大学伯克利分校任教授，1979年退休成

云南大学熊庆来故居

为名誉教授，仍继续任教到1984年。1981年到1984年任新建的伯克利数学研究所所长，其后任名誉所长。陈省身的主要工作领域是微分几何学及其相关分支。还在积分几何，射影微分几何，极小子流形，网几何学，全曲率与各种浸入理论，外微分形式与偏微分方程等诸多领域有开拓性的贡献。陈省身本有极多荣誉，包括中央研究院院士（1948），美国国家科学院院士（1961）及国家科学奖章（1975），英国皇家学会国外会员（1985），法国科学院外籍院士（1989），中国科学院国外院士等。荣获1984年度沃尔夫数学奖，及1983年度美国科学会斯蒂尔奖中的终身成就奖。

4. 享有国际盛誉的大数学家，新中国数学事业发展的重要奠基人——华罗庚

华罗庚是一位人生经历传奇的数学家，早年辍学，1930年因在《科学》上发表了关于代数方程式解法的文章，受到熊庆来的重视，被邀到清华大学学习和工作，在杨武之指引下，开始了数论的研究。1936年，作为访问学者去英国剑桥大学工作。1938年回国，受聘为西南联合大学教授。1946年应美国普林斯顿高等研究所邀请任研究员，并在普林斯顿大学执教。1948年开始，他为伊利诺伊大学教授。1950年回国，先后

著名数学大师、沃尔夫数学奖得主陈省身。

任清华大学教授，中国科学院数学研究所所长，数理化学部委员和学部副主任，中国科学技术大学数学系主任、副校长，中国科学院应用数学研究所所长，中国科学院副院长、主席团委员等职。还担任过多届中国数学会理事长。此外，华罗庚还是第一、二、三、四、五届全国人民代表大会常务委员会委员和中国人民政治协商会议第六届全国委员会副主席。

华罗庚是在国际上享有盛誉的数学家，他的名字在美国施密斯松尼博物馆与芝加哥科技博物馆等著名博物馆中，与少数经典数学家列在一起。他被选为美国科学院国外院士，第三世界科学院院士，联邦德国

巴伐利亚科学院院士。又被授予法国南锡大学、香港中文大学与美国伊利诺伊大学荣誉博士。华罗庚在解析数论、矩阵几何学、典型群、自守函数论、多复变函数论、偏微分方程、高维数值积分等广泛数学领域中都作出过卓越贡献。由于华罗庚的重大贡献，有许多用他的名字命名的定理、引理、不等式、算子与方法。他共发表专著与学术论文近三百篇。华罗庚还根据中国实情与国际潮流，倡导应用数学与计算机研制。他身体力行，亲自去27个省市普及应用数学方法长达20年之久，为经济建设作出了重大贡献。

5. 仅次于哥德尔的逻辑数学大师——王浩

1943年于西南联合大学数学系毕业。1945年于清华大学研究生院哲学部毕业。1948年获美国哈佛大学哲学博士学位。1950至1951年在瑞士联邦工学院数学研究所从事研究工作。1951至1953年任哈佛大学助理教授。1954至1961年在英国牛津大学作第二套洛克讲座讲演，又任逻辑及数理哲学高级教职。1961至1967年任哈佛大学教授。1967年后任美国洛克菲勒大学教授，主持逻辑研究室工作。1985年兼任中国北京大学名誉教授。1986年兼任中国清华大学名誉教授。20世纪50年代初被选为美国国家科学院院士，后又被选为不列颠科学院外国院士，美籍华裔数学家、逻辑学家、计算机科学家、哲学家。

6. 著名数学家、力学家——林家翘

1937年毕业于清华大学物理系。1941年获加拿大多伦多大学硕士学位。1944年获美国加州理工学院博士学位。1953年起先后担任美国麻省理工学院数学教授、学院教授、荣誉退休教授。林家翘教授曾获美国机械工程师学会Timoshenko奖，美国国家科学院应用数学和数值分析奖，美国物理学会流体力学奖。他是

美国国家文理学院院士(1951)，美国国家科学院院士(1962)，台湾"中央研究院"院士(1960)。从20世纪40年代开始，林家翘教授在流体力学的流动稳定性和湍流理论方面的工作带动了整整一代人在这一领域的研究探索。从20世纪60年代开始，他进入天体物理的研究领域，开创了星系螺旋结构的密度波理论，并为国际所公认。1994年6月8日当选为首批中国科学院外籍院士。

7. 我国泛函分析领域研究先驱者——曾远荣

1919年入清华学校（清华大学前身）留美预备部，一直读到1927年7月。由于学习成绩优异，先后在美国芝加哥大学，普林斯顿大学及耶鲁大学学习并研究数学，1933年取得博士学位。1934年8月至1942年7月一直任教于清华大学（1938年与北京大学、南开大学在昆明组成西南联合大学）。1950年2月，受南京大学数学系系主任孙光远教授写信聘请到南京大学任教直至退休，曾在南京大学建立国内最早的计算数学专业。长期从事泛函分析研究，是我国开展这一领域研究的先驱者之一，在广义逆等研究领域成就卓著。

摘取数学皇冠上的明珠

8. 应用数学与计算数学的著名学者——赵访熊

1922年考取北京清华学校。当时清华学校是公费留美预备学校，竞争激烈，在江苏只招3名学生，赵访熊在众多考生中名列榜首。毕业后即到美国麻省理工学院（MIT）电机系学习。1930年，赵访熊于电机系毕业，被哈佛大学数学系录取为研究生，且于1931年获硕士学位。1933年他受聘回国在清华大学数学系任教，1935年被聘为教授，从此一直在清华大学任教，参与创办国内第一个计算数学专业。赵访熊于1962年和1978年先后两次出任清华大学副校长，1980至1984年兼任新成立的应用数学系主任，并受聘担任国务院学位委员会学科评议组委

我国泛函分析领域研究先驱者曾远荣

员。他担任过中国数学会理事、名誉理事。1978年至1989年担任第一、二届计算数学学会理事长及第三届名誉理事长和《计算数学学报》主编等一系列职务。系数学家、数学教育家。我国最早提倡和从事应用数学与计算数学的教学与研究的学者之一。自编我国第一部工科《高等微积分》教材。在方程求根及应用数学研究方面颇有建树。

9. 著名数学家，数学教育家——吴大任

1930年与陈省身以最优等成绩在南开大学毕业，考取清华大学研究生。1933年夏，在姜立夫的鼓励下，吴大任参加了中英庚款第一届公费留学考试，被录取到英国学习。他本想到剑桥大学攻读，因抵伦敦时间

我国最早提倡应用数学与计算数学的学者赵访熊

错过了该校入学的时机，改入伦敦大学的大学学院，
注册为博士研究生。1937年9月初，吴大任到武汉大
学任教，之后即随武汉大学迁到四川乐山。后来长期
担任南开大学领导工作与教学工作，著、译数学教材
及名著多种。对我国高等教育事业作出了积极贡献。
研究领域涉及积分几何、非欧几何、微分几何及其应
用（齿轮理论）。1981年他任国家学位委员会第一届数
学组成员，《中国大百科全书数学卷》编委兼几何拓扑
学科的副主编以及全国自然科学名词审定委员会第一
和第二届委员。

10. 著名数学家，北大教授——庄圻泰

1927年考入清华学校，1932年毕业于清华大学数
学系，1934年，熊庆来教授接受庄圻泰为自己的研究
生，1936年于该校理科研究所毕业。1938年获法国巴
黎大学数学博士学位。曾任云南大学教授。1952年院
系调整后，庄圻泰留任北京大学。此后除继续担任复变
函数课程的教学任务外，他还陆续讲过保角变换，拟保
角变换，整函数与亚纯函数等专业课。长期从事函数论
研究，在整函数与亚纯函数的值分布理论上取得重要成
果。著有《亚纯函数的奇异方向》，合编《Analytic
functions Of One Complex Variable》(在美国出版)

11. 著名数学家，数学教育家——柯召

1931年入清华大学算学系。1933年，柯召以优异成绩毕业。1935年，他考上了中英庚款的公费留学生，去英国曼彻斯特大学深造，在导师L.J.莫德尔（Mordell）的指导下研究二次型，在表二次型为线性型平方和的问题上，取得优异成绩，回国后先后任教于重庆大学、四川大学。

1953年，他调回四川大学任教至今。在这四十余年间，他以满腔的热情投入教学和科研工作，为国家培养了许多优秀数学人才，在科研上硕果累累。与此同时，他还先后担任了四川大学教务长、副校长、校长、数学研究所所长等职，作为学术带头人和学校负责人，他卓有成效地抓了几个重要方面的工作：努力提高教学质量，积极开展基础理论研究，发展应用数学，培养一批高水平的人才。其研究领域涉及数论、组合数学与代数学。在二次型、不定方程领域获众多优秀成果。1955年选聘为中国科学院院士（学部委员）。

12. 中科院院士，首批学部委员——许宝騄

1929年入清华大学数学系，1933年毕业获理学学士学位，1936年许宝騄考取赴英留学，派往伦敦大学学

院，在统计系学习数理统计，攻读博士学位。1940年到昆明，在西南联合大学任教。1948年他当选为中央研究院院士。回国后不久就发现已患肺结核。他长期带病工作，教学科研一直未断，在矩阵论、概率论和数理统计方面发表了十余篇论文。1955年，他当选为中国科学院学部委员。在中国开创了概率论、数理统计的教学与研究工作。在内曼－皮尔逊理论、参数估计理论、多元分析、极限理论等方面取得卓越成就，是多元统计分析学科的开拓者之一。

13. 中科院院士，原北大数学系主任
——段学复

1932年考入了清华大学数学系（当时称为"算学系"）。1936年夏，段学复获得理学士学位，毕业留校任助教。1941年8月进入美国普林斯顿大学数学系攻读博士学位。1946年回国任清华大学教授，自1952年院系调整后，任北京大学数学系主任近四十年。长期从事代数学的研究。在有限群的模表示论，特别是指标块及其在有限单群和有限复线性群构造研究中的应用方面取得突出成果。指导学生用表示论和有限单群分类定理彻底解决了著名的 Brauer 第39问题、第

40问题。在代数李群研究方面与国外学者合作完成了早期奠基性成果。在有限P群方面取得一系列研究成果。在数学应用于国防科研和国防建设方面做了大量工作。1955年选聘为中国科学院院士（学部委员）。

14. 我国拓扑学的奠基人——江泽涵

毕业于天津南开大学，1927年参加清华大学留美专科生的考试，考取了那年唯一的学数学的名额，后在美国哈佛大学数学系留学，1930年获得博士学位。1930在美国普林斯顿大学数学系做研究助教。1931年起，长期担任任北京大学数学系教授，并任北京大学数学系主任，曾兼任理学院代理院长。系数学家，数学教育家。在担任北京大学数学系主任期间，为该系树立了优良的教学风尚。致力于拓扑学，特别是不动点理论的研究，是我国拓扑学研究的开拓者之一。1955年当选为中国科学院数理学部委员。

15. 中国科学院数学研究所的筹建者——田方增

1934年考入清华大学，第一年读机械工程系，第二年起转入算学系。1940年秋受聘为清华大学算学系助教，1947年秋考选为中法公费留学生，1948年转巴黎大学，回国后被中国科学院聘为数学研究所筹备处副研究员，筹建中国科学院批准成立的数学研究所，几十年来，田方增为数学研究所的建设以及中国数学学科，特别是泛函分析这一分支学科的发展做出了重要贡献。他参与了中华人民共和国成立以来中国的一些重大的数学活动。田方增被聘为全国科学技术委员会数学组成员，参与了1956年制订的十二年远景规划的有关项目，1978年、1983年接连两届被选为中国数学会理事，在理事会任期内受托为泛函分析学科组负责人，致力于泛函分析基本理论及其应用研究。田方增是在中国建立中子迁移数学理论研究组的主要学者之一，为发展我国的泛函分析研究做出了积极贡献。

16. 我国最早从事微分与积分几何研究的学者
——严志达

1936年考上清华大学，1940年他与陈省身合写了论文（也是他的处女作）得到积分几何运动基本公式。1941年他于西南联合大学（清华学籍）毕业，随后去云南大学任助教。1946年他考取公费留学（中法留学生交流项目），次年秋去法国斯特拉斯堡大学随C·埃里斯曼学习。严志达于1949年获法国国家博士学位。1949至1952他在法国国家科学研究中心任职，1952年，严志达响应党和国家的号召，放弃了在法的优厚待遇，应聘回国到南开大学任教至今。40年来，他勤奋工作，为我国的科学与教育事业的发展作出了自己的贡献。从1954年起，他在南开大学主持了"李群与微分几何"讨论班，一直坚持到"文化大革命"。从1972年开始，严志达对啮合理论进行了系统的研究，奠定了它的数学基础。这项成果受到国内外齿轮界的重视，从而推进了小组的工作并对我国齿轮界的研究产生了重大影响。1993年当选为中国科学院院士。

17. 中国泛函分析学科的领路人——关肇直

1936年考入清华大学土木工程系，1946年考取公费留学生，不久被聘任为北京大学数学系讲员。年底入法国巴黎大学庞加莱研究所当研究生，研究广义分析。回国后进行组建中国科学院的筹备工作，1952年他参加筹建中国科学院数学研究所的工作，并在数学研究所从事他渴望已久的数学研究工作，历任副研究员、研究员、副所长等职。1979年参与中国科学院系统科学研究所的创建，并任所长。他生前还担任过中国数学会秘书长、北京数学会理事长、中国自动化学会副理事长、中国系统工程学会理事长、国际自动控制联合会理论委员会委员等职。他主持的研究工作成果多次受到有关部门的奖励和表彰，其中《现代控制理论在武器系统中的应用》和《我国第一颗人造卫星的轨道计算和轨道选择》获1978年全国科学大会奖，《飞行器弹性控制理论研究》获1982年国家自然科学二等奖，《尖兵一号返回型卫星和东方红一号》获1985年国家级科技进步特等奖（关肇直在该项目中负责轨道设计和轨道测定两个课题），关肇直本人并荣获"科技进步"金质奖章。1981年被选为中国科学院学部委员。

18. 中国数学会组合数学与图论委员会主任
——徐利治

1940年考取西南联合大学数学系。1945年毕业时被华罗庚教授举荐，留在西南联合大学任其助教，后应聘到北京清华大学任助教。在此期间他相继发表了一批有国际影响的论文。1949年北平新中国成立前夕获得了英国文化委员会的奖学金，作为当年该奖学金资助中唯一一名数学研究人员，赴英国阿伯丁大学和剑桥大学访问进修各一年。1951年回国后，担任了清华大学数学系副教授。1952年，在原东北人民大学组建了数学系，徐利治任数学系副主任。1961年受聘为美国《数学评论》杂志的特约评论员。他主要致力于分析数学领域的研究，在多维渐近积分，无界函数逼近以及高维边界型求积法等方面获众多成果，并在我国倡导数学方法论的研究。至1991年初，他共出版专著近二十种，发表论文计一百五十余篇。他受聘为中国科学院数学研究所学术顾问，南开大学数学研究所学术委员和中国数学会组合数学与图论委员会主任；担任国际性英文刊物《逼近论及其应用》杂志副主编，《高等学校计算数学学报》名誉主编，以及德国《数学文摘》杂志评论员。1988年英国剑桥国际传记中心将他列入国际知识界名人录和太平洋地区名人录。

19. 中国科学院院士——万哲先

1948年毕业于清华大学数学系。中国科学院数学与系统科学研究院系统科学研究所研究员。从事代数学、组合论研究，在典型群、矩阵几何、有限几何和编码学等领域进行了系统研究。20世纪50年代和80年代初解决了典型群的结构和自同构方面一系列难题。1958年对解决运输问题的图上作业法给出理论证明并进行了推广应用。20世纪60年代中和90年代初运用华罗庚开创的中国典型群学派的矩阵方法研究有限域上典型群的几何学，获得了系统的重要成果，并利用它构造了一些结合方案、PBIB设计和认证码并研究了有限域上型表型问题，典型群的子空间轨道生成的格等。从20世纪90年代运用代数方法研究卷积码，澄清了一系列疑问。最近证明了对称矩阵几何及哈密尔顿矩阵几何的基本定理，是对华罗庚开创研究的矩阵几何的重要贡献。1991年当选为中国科学院院士（学部委员）。

国际数学界的几项大奖

菲尔兹奖

菲尔兹奖是数学界的诺贝尔奖。一枚金质奖章和1500美元的奖金，便是菲尔兹奖的全部奖品，似乎远不及诺贝尔奖。然而，得主赢得的学术声誉，绝对不逊色于诺贝尔奖得主。这一大奖于1932年第九届国际数学家大会时设立，1936年首次颁奖，专门用于奖励40岁以下的年轻数学家的杰出成就。该奖每4年颁发一次，每次获奖者不超过4人。如此苛刻的获奖条件使获得菲尔兹奖的难度甚至超越了诺贝尔奖。菲尔兹奖奖章上刻有希腊数学家阿基米德的头像，并用拉丁文镌刻"超越人类极限，做宇宙主人"的格言。背面用拉丁文写着："全世界的数学家们：为知识作出新的贡献而自豪"。国际数学家大会。

这项大奖为纪念加拿大数学家、教育家约翰·菲尔兹而以他的名字命名。菲尔兹在代数函数方面有一定建树，并大力促成了各国数学家之间的国际交流。菲尔兹全力筹备并主持了1924年在多伦多召开的国际数学家大会，并倡议设立一个国际数学奖。菲尔兹生前心愿于1936年终于得以实现，第九届国际数学家大

著名华裔数学家、数学界最高荣誉菲尔兹奖得主之一丘成桐

摘取数学皇冠上的明珠
——著名数学家陈景润

会首次颁发了以他名字命名的菲尔兹奖。

内万林纳奖

内万林纳奖是信息科学的桂冠，是信息科学方面的数学奖。内万林纳奖与菲尔兹奖一样，是在国际数学家大会上颁发的奖项，每次有一位获奖者，获奖者可获得一枚奖章和一笔奖金。该奖项1981年4月由国际数学家联合会执行委员会设立。1982年4月，国际数学家联合会接受了芬兰赫尔辛基大学的捐赠，故该奖被命名为内万林纳奖，以纪念当时的赫尔辛基大学校长、国际数学家联合会主席罗尔夫·内万林纳。

中科院数学研究所的全体成员，前排中间为华罗庚，前排右2为陈景润

高斯奖

高斯奖是国际数学家大会颁发的应用数学奖。在马德里召开的第25届国际数学家大会首次颁发高斯奖。该奖项是为纪念"数学王子"高斯而设，主要用于奖励在应用数学方面取得成果者。获奖者可获得一枚绘有高斯肖像的奖章和一笔奖金。

1855年去世的卡尔·弗里德里希·高斯是德国数学家，也是天文学家和物理学家，由于他在多个数学领域取得了重大成就，因此被誉为"数学王子"。

中华魂·百部爱国故事丛书
提　要

《誓与禁烟相始终——民族英雄林则徐》

　　林则徐严禁鸦片，坚决抵抗西方列强的侵略，坚持维护国家主权和民族利益。他是中国近代历史上第一位睁眼看世界的人，是抗击帝国主义殖民侵略的第一人，是中华民族抵御外侮过程中伟大的民族英雄。

《血洒虎门御敌寇——抗英将军关天培》

　　民族英雄关天培，在第一次鸦片战争中为了抗击英国侵略者的入侵而血洒虎门，为国捐躯，谱写了一曲可歌可泣的英雄赞歌。关天培用他的生命，书写了中国人民反抗外侮的历史。

《威震镇海靖节魂——抗敌英雄裕谦》

　　在第一次鸦片战争期间的众多牺牲者中，有一位官阶最高，他就是两江总督裕谦。裕谦与外国侵略者斗争立场坚定，与国内妥协派、投降派斗争态度坚决。裕谦督战镇海，与英国侵略军浴血奋战，临危不惧，以身报国，浩气长存。

《斩邪留正解民悬——太平天国领袖洪秀全》

　　农民出身的洪秀全，从失意文人到起义领袖，经历了长期的思想演变过程，在外敌入侵、清朝政府腐朽的历史环境之下，顺应时代的潮流，成长为一位非凡的历史英雄人物，建立了与清朝政府相抗衡的农民政权——太平天国。

《仰承汉唐　荟萃中外——近代数学家李善兰》

李善兰是我国19世纪重要的科学家之一，在数学、天文学、力学等方面都有重大建树。他继承我国古代数学的成就，又以极大的热情传播西方科学文化，"仰承汉唐，荟萃中外"，把自己的一生献给了科学事业。

《严谨治学　勇于探索——近代著名数学家华蘅芳》

华蘅芳，中国近代数学家之一。其精通中国古算学，并熟练掌握西方近代数学，是中国验证抛物线并著书立说的参与者。为了证明"外国有的，中国也能造"而鞠躬尽瘁，在引进西方科学技术、传播科学知识上贡献卓著。

《折冲樽俎护山河——近代著名外交家曾纪泽》

曾纪泽是中国近代史上著名的爱国外交家，在中俄伊犁交涉事件中，他秉承抵抗列强、保卫国家的坚定意志，利用外交手段全力同沙俄抗争，捍卫了国家主权、民族尊严，收回了祖国的领土，在近代中国外交史上留下了光辉的一页。

《甲午海战留英名——民族英雄邓世昌》

邓世昌，北洋水师名将。本书以邓世昌的成长过程为线索，以代表性的历史故事为主要内容，还原真实的历史事件，突出鲜明的人物性格。邓世昌因在中日甲午海战中突出的英雄气概而名垂史册，书写了伟大的爱国主义篇章。

《誓与舰队共存亡——北洋水师提督丁汝昌》

丁汝昌处在清朝政府的腐朽和李鸿章的专断下，难以施展爱国的抱负，壮志未酬，愤恨而终。但丁汝昌为建立近代海军作出的巨大贡献，带领北洋舰队爱国官兵勇抗强敌的英雄事迹，将永远为后代所传颂。

《镇南关上凯歌扬——抗法老英雄冯子材》

1885年中法战争中，年逾古稀的冯子材为抵御外国侵略，勇赴国

摘取数学皇冠上的明珠

难，大败法军于镇南关，并乘胜追击，接连收复文渊、谅山等地，从根本上扭转了中法战争的局面，成为近代民族英雄的杰出代表。

《屡败法军逞英豪——黑旗军将领刘永福》

刘永福是黑旗军的创建者，是农民出身的杰出军事家、政治活动家。在19世纪发生的援越抗法、中法战争中，他率部与帝国主义侵略者进行了殊死的战斗，建立了卓越的功勋，成为我国近代史上著名的民族英雄，为后世所景仰。

《矢志变法强国家——戊戌变法领袖康有为》

康有为是清末民初最有影响力的思想家之一。他领导了中国知识界的启蒙运动，掀起了一场自上而下的政体改革。他最早在中国提出了立宪政体和具体的宪政方案，主张在坚持儒家传统和帝制的前提下，学习西方经验，他的进步思想对近代中国具有深远的影响。

《开民智以报国 普新知而图强——戊戌变法思想家梁启超》

梁启超，中国近代史上著名的政治活动家、启蒙思想家、史学家、文学家，戊戌变法领袖之一。本书以百日维新思想家梁启超的成长过程为线索，以代表性的历史故事为主要内容，还原真实的历史事件，突出鲜明的人物性格。

《我自横刀向天笑——维新志士谭嗣同》

谭嗣同在民族危机的严重时刻，投身改革救中国的洪流。为了带给祖国一个光明的未来，紧要关头，他挺身而出，用自己的鲜血激励后人，把宝贵的生命献给了变法事业。

《睡乡敢遣警世钟——用生命警策国人的陈天华》

陈天华是民主革命的活动家和宣传家。他写的《猛回头》《警世钟》等书，起到了革命启蒙的重大作用。为了激发留日学生的爱国情怀，他不惜投海自杀，演出了近代史上感人至深的一幕，给后人留下了难忘的印象。

《革命军中马前卒——民主斗士邹容》

革命乃"至尊极高，独一无二，伟大绝伦之一目的"；它是"天演之公例，世界之公理，顺乎天而应乎人"的伟大行动。因此，必须"仗义群兴革命军"。他激情高呼："革命独子万岁！中华共和国万岁！"这就是《革命军》的作者，中国近代著名资产阶级革命宣传家邹容。

《休言女子非英物——鉴湖女侠秋瑾》

为民族解放和妇女解放而英勇斗争的秋瑾，冲破封建礼教的思想牢笼，打碎封建精神枷锁，崇仰真理，追求光明，主张共和，坚持男女平等，最终献出了自己年轻的生命。

《血溅校场　杀身成仁——民主斗士徐锡麟》

本书讲述了反清志士徐锡麟弃文从武、投身反清革命事业，最终被清政府杀害的故事。出于对国家的热爱，徐锡麟献出自己的生命，他的事迹将永远激励后人深切缅怀这位民主革命的先驱。

《生可死耳　我志长存——献身民主的禹之谟》

禹之谟，民主革命党人，同盟会会员，近代资产阶级革命家、实业家。1886年，20岁的禹之谟"提三尺剑，挟一卷书"游历四方，研究西方社会政治学说，忧国忧民之心日趋强烈。戊戌变法失败，他丢掉改良幻想，倡革命救亡之说，走上民主革命道路。

《物竞天择　适者生存——资产阶级启蒙思想家严复》

严复是中国近代著名的启蒙思想家、翻译家和教育家。他长期从事教育和翻译事业，为近代中国人才培养和思想启蒙做出了重要贡献，同时他也为中国的翻译事业和中西思想文化交流做出了重要贡献。

《辛亥革命急先锋——资产阶级革命家黄兴》

黄兴，清末民初资产阶级革命家，中华民国开国元勋。黄兴在武昌首义及辛亥革命时期的爱国表现，与孙中山闻名于当时，常被时人以"孙黄"并称。本书以资产阶级革命活动实干家黄兴的成长过程为线索，歌颂了先辈伟大的爱国主义精神。

《矢志革命　百折不回——近代民主革命家廖仲恺》

廖仲恺追随孙中山踏上了创立民国与捍卫共和制的旧民主主义革命

——著名数学家陈景润

摘取数学皇冠上的明珠

之路；在新民主主义革命时期，他为建立、巩固首次国共合作和实施三大政策，英勇奋斗，为国殉职，洒尽了一腔热血。

《将军拔剑南天起——护国英雄蔡锷》

蔡锷是中国近代史上的杰出军事家、爱国者。他的一生短暂而伟大。辛亥革命爆发，他毅然投身于革命洪流之中，领导云南重九起义，对武昌起义积极响应。袁世凯窃国复辟、恢复帝制的阴谋暴露出来以后，他又毅然举起了武装讨袁的旗帜。

《反帝反封建运动——五四青年的爱国故事》

五四运动是一次伟大的反帝反封建的爱国运动；是一个伟大的历史转折点；是中国人民的斗争从挫折走向胜利的一个关节点，它为中国的前进开辟了一条全新的道路，拉开了中国新民主主义革命的序幕。

《思想自由　兼容并包——著名教育家蔡元培》

蔡元培是中国近现代著名的民主革命家和教育家，一生经历风雨，却始终信守爱国和民主的政治理念，致力于废除封建主义的教育制度，奠定了我国新式教育制度的基础，为我国教育、文化、科学事业的发展做出了富有开创性的贡献。

《为国家争光　为民族争气——中国铁路之父詹天佑》

詹天佑是我国最早的杰出铁道工程师，因主持建造京张铁路而闻名中外，被誉为"中国铁路之父"。他为祖国的铁路事业贡献了毕生的精力。本书向读者展示了詹天佑热爱祖国、科技兴国的辉煌人生。

《实业救国　衣被天下——轻工之父张謇》

张謇是爱国实业家、教育家。他年轻时中过状元。过了40岁，开始投身工商实业活动中，他的名言是"富民强国之本在于工"。在南通，创办大生丝厂、银行等各种实业。并将创办实业的大部分所得投入教育。他的观点是，教育和实业一样，也是"富强之大本"。

《心向革命　追求光明——平民将军冯玉祥》

冯玉祥将军"是一位从旧军人转变而成的坚定的民主主义战士"。

抗日战争期间，他辗转各地，用实际行动积极抗战。日本战败投降后，他为了断绝美国的援蒋内战，又在美国四处演说，揭露蒋介石统治之黑暗，痛斥美国阴谋分裂中国的不良行为。

《刑场上的婚礼——革命烈士周文雍　陈铁军》

周文雍是广州起义的主要领导人之一。陈铁军出身于华侨商人家庭，却毅然投身革命洪流。1928年1月，两人接受派遣，回到广州假扮夫妻从事革命斗争，却不幸被捕。临刑前，两位烈士将敌人的枪声当作自己婚礼的礼炮，用生命和爱情谱写出一曲千古绝唱。

《星星之火　可以燎原——井冈山斗争的故事》

1927—1929年，毛泽东、朱德等老一辈革命家，在井冈山创建了农村革命根据地，进行了艰苦卓绝的斗争，建立了新型革命武装，点燃了工农武装革命之火，找到了农村包围城市最后夺取政权的中国革命的正确道路。

《新民学会的主要发起人——中国共产党早期革命家蔡和森》

蔡和森青年时期曾与毛泽东等人一起组织进步团体新民学会，参加五四运动，并在赴法勤工俭学时研读大量马克思主义著作，回国后以满腔热忱投身革命事业，成为中国共产党早期重要的理论家和宣传家。

《威震黄浦江畔　高奏抗日壮歌——一·二八淞沪抗战》

面对日本侵略者的挑衅，十九路军在蒋光鼐、蔡廷锴的带领下，高举义旗，奋力一搏。一·二八淞沪抗战，是中国军人捍卫军人荣誉和祖国尊严所发出的吼声，谱写了一曲抗击日军侵略的英雄壮歌。

《将军恨不抗日死——慷慨就义的吉鸿昌》

在国难深重的20世纪30年代，吉鸿昌将军因拒绝执行国民党指示，坚决不打内战，被迫携眷出国"考察"。回国后，他加入中国共产党，组织了民众抗日同盟军，英勇打击日本侵略者，于1934年11月被国民党反动派杀害。

《献身革命　甘于清贫——梅岭忠魂方志敏》

大革命失败后，方志敏凭着"两条半步枪"起家，身经百战，创建了赣东北革命根据地和红十军。本书真实记录了方志敏投身于革命、领导红军和敌人进行艰苦卓绝斗争的经历，歌颂了烈士贫贱不移、威武不屈、献身革命的高尚品质。

《奏响中华最强音——人民音乐家聂耳》

聂耳在他有限的生命中创作了数十首革命歌曲，在抗日救亡运动中，聂耳的这些歌曲产生了广泛深远的影响。他的音乐创作为中国无产阶级革命音乐的发展指明了方向，树立了榜样。

《横眉冷对千夫指——中国文化革命主将鲁迅》

鲁迅不但是伟大的文学家，而且是伟大的思想家和伟大的革命家。在那风雨如晦的黑暗年代里，他以笔为投枪，同一切帝国主义和反动派进行了顽强的战斗，为中国人民树立了一个不朽的丰碑。他是新文化战线上的一面光辉旗帜，是我们伟大民族的灵魂。

《铁流两万五千里——红军长征的故事》

红军长征是人类历史上的一次伟大的壮举。第五次反"围剿"失败后，中国工农红军的三大主力在极端艰难的条件下，突破国民党军队的围追堵截，进行了史无前例的战略大转移，总行程达两万五千里以上。途中发生了许多动人故事，至今令人难以忘怀。

《荣辱不移革命志——创建陕北红军的刘志丹》

刘志丹是杰出的无产阶级革命家、军事家，西北红军和西北革命根据地的主要创始人之一。他一生热爱人民，追求真理，英勇善战，百折不挠，艰苦奋斗，忠心赤胆，为创建红军和革命根据地、为中国人民的解放事业建立了不可磨灭的功勋。

《英名永存北平城——爱国将领佟麟阁　赵登禹》

1937年7月28日，日军向北平郊区发动进攻。第二十九军副军长佟麟阁奉命在南苑率部与日军苦战，腿部受伤，头部被敌机炸伤，壮烈殉国。第一三二师师长赵登禹指挥部队顽强抵抗日军，右臂中弹负伤，仍继续作战。后在转移途中遭日军截击而牺牲。

《八百壮士　四行仓库铸军魂——谢晋元和他的战友们》

八一三抗战，中国军人以血肉之躯揭开全面抗战的帷幕。这是一场血战，是中国军人不屈不挠的英雄诗篇，其中的八百壮士守四行，成为这首英雄颂歌中最动人、最凄美的音符。一曲四行保卫战，铸就了不屈的军魂。

《八女投江　气贯长虹——八位抗联女战士》

抗日战争时期，以冷云为首的东北抗日联军8名女战士，为捍卫民族尊严，面对凶残的日寇，镇定自若，宁死不屈，投江殉国，表现了中华民族同敌人血战到底的英雄气概。她们的光辉形象，激励着千千万万的后来人。

《艰苦抗战　威震敌胆——著名抗日英雄杨靖宇》

杨靖宇将军是我国著名的抗日民族英雄。曾先后担任磐石游击队政治委员、东北抗日联军第一军军长兼政委、抗日联军总司令等职。领导军民对日寇坚持了长达9个年头的艰苦卓绝的斗争，最终以身殉国。

《死也不当亡国奴——镜泊抗日英雄陈翰章》

陈翰章，从1932年8月投笔从戎，直到1940年12月8日为抗击日本侵略者，战死在镜泊湖畔。他在抗日疆场上奋战了九年，他那可歌可泣的英雄事迹将为人们永世传颂。

《名将殉国　气壮山河——抗日将军张自忠》

著名抗日将领、民族英雄张自忠，生于忧患的时代，抱有"宁为百夫长，胜作一书生"的志向，经历过失败与低谷，最终成就了慷慨人生。本书主要以人物活动为主，勾画出一个真正的"民族魂"鲜活的人生，会带给读者振奋的力量。

《宁死不辱战士名——狼牙山五壮士》

1941年日寇在河北易县"扫荡"。为掩护群众和主力部队撤退，五位八路军战士毅然把敌人引上了狼牙山棋盘坨峰顶绝路。弹尽粮绝、无路可退，五位英雄纵身跳下了万丈悬崖，用生命和鲜血谱写出一曲惊天地泣鬼神的壮举。

《太行浩气传千古——抗日名将左权》

左权，中国工农红军和八路军高级指挥员，著名军事家。是八路军在抗日战场上牺牲的最高指挥员。名将阵亡，太行山为之垂首，全党为之悲痛。周恩来称他"足以为党之模范"，朱德赞誉他是"中国军事界不可多得的人才"。

《虎将兴关外　抗倭统雄师——抗联英雄赵尚志》

本书描写了久经考验的共产党员、东北抗联的创建者和主要领导人赵尚志，在艰苦卓绝的条件下，坚持抗战，威震敌胆，战功卓著，忍辱负重，忠贞不屈，为国捐躯的英雄故事，为青少年读者呈上一部爱国主义的佳作。

《黄埔之英　民族之雄——抗日名将戴安澜》

抗日名将戴安澜，先后参加保定、漕河、台儿庄、武汉、昆仑关等战役，作战英勇，屡建奇功；入缅作战，"扬威国外，藉伸正义"；守东瓜，复棠吉；殒身缅北，遗恨丛林，马革裹尸，成就了光辉的一生。

《爱国志士　民主先锋——新闻出版家邹韬奋》

本书讲述了邹韬奋献身新闻出版事业的奋斗历程，展现了一位新闻工作者坚定的革命信念和炽热的爱国主义精神，全心全意为人民服务、为读者服务的奉献精神，歌颂了他的高尚情操和优良品质。

《为抗战发出怒吼——人民音乐家冼星海》

人民音乐家冼星海，青年时期在巴黎求学，饱尝屈辱与磨难；学成后毅然回到多灾多难的祖国，用满腔热忱谱写激昂的音乐，鼓舞中华儿女的斗志；奔赴延安，谱写出不朽的名作《黄河大合唱》，发出中华民族抗日救亡的怒吼。

《全民皆兵　抗击日寇——抗日战争的故事》

中国人民进行的十四年抗战，是一百多年来中国人民反对外敌入侵第一次取得完全胜利的民族解放战争。这场战争是以国共两党合作为基础，有社会各界、各族人民、各民主党派、抗日团体、社会各阶层爱国人士和海外侨胞广泛参加的全民族抗战。

《捧着一颗心来　不带半根草去——人民教育家陶行知》

陶行知是我国现代教育史上伟大的人民教育家、教育思想家。他从青年起就立志献身教育事业，以"捧着一颗心来，不带半根草去"的赤子之心，为人民的教育事业鞠躬尽瘁。

《为民主与和平拍案而起——民主斗士闻一多》

闻一多早年与梁实秋等人发起成立清华文学社。赴美留学期间由对祖国的深深眷恋而创作著名的《七子之歌》。后在西南联大任教8年，积极投身于抗日运动和争取民主的斗争，发表了著名的《最后一次讲演》。

《铁窗难锁钢铁心——革命先烈王若飞》

王若飞是我党早期杰出的无产阶级革命家。在艰苦卓绝的斗争中，他出生入死，屡建奇功，以超人的睿智和胆略，在敌人的监狱中，同敌人展开了殊死的较量，为抗战的胜利和新中国的诞生做出了卓越的贡献。

《横扫千军　还我河山——抗联名将李兆麟》

李兆麟是东北抗日联军创建人之一，他率领抗日联军历尽千难万险与日本侵略者浴血奋战，在极其艰苦的条件下，保存了抗日联军的有生力量，为东北光复做出了重大贡献。

《锄头开出新天地——解放区大生产运动》

为了解决困难，渡过难关，党中央号召党政军民齐动手，开展大生产运动。中国共产党在其控制区域内发动的一场军队屯田和鼓励生产的群众运动，达到了自己动手丰衣足食，共度难关，既进行革命又进行生产自足的目的。

摘取数学皇冠上的明珠

《生的伟大　死的光荣——女英雄刘胡兰》

刘胡兰，坚贞不屈的少年女英雄。生前对我国劳动人民的解放事业无限忠诚，在敌人威胁面前，大义凛然，毫无惧色，英勇牺牲，表现了共产党员的高贵品质。

《饿死不领美国救济粮——爱国知识分子的楷模朱自清》

朱自清作为爱国知识分子的典型，以锐利的笔锋直言痛斥反动政府的暴行，体现了他崇高的爱国情怀和不畏恶势力的精神品格。毛泽东曾给朱自清先生以高度评价："一身重病，宁可饿死，不领美国的'救济粮'"，"表现了我们民族的英雄气概"。

《为了新中国前进——舍身炸碉堡的董存瑞》

伟大的英雄，中国人民的儿子董存瑞，从儿童团长成长为一名光荣的解放军战士，在1948年解放隆化县城时，舍身炸碉堡，为新中国献出了自己年轻的生命。他的英雄形象永远留在人民心里。

《宁死不屈的共产党员——革命烈士江竹筠》

江竹筠，就是著名的江姐。1947年春，她负责《挺进报》工作，只几个月的时间，报纸就发行到1600多份，引起了敌人的极大恐慌。由于叛徒出卖，江姐不幸被捕，惨遭毒刑的残酷折磨，仍坚贞不屈。最后被特务秘密枪杀，年仅29岁。

《抗美援朝　保家卫国——志愿军的战斗故事》

抗美援朝战争是中国人民志愿军为援助朝鲜人民、保卫祖国安全，与美国为首的"联合国军"发生的战争。在朝鲜牺牲的志愿军烈士们，他们英勇的战斗事迹、保家卫国的精神值得我们发扬光大。

《上甘岭上壮烈歌——黄继光和他的战友们》

在1952年10月的上甘岭战役中，黄继光和他的战友们在零号阵地半山腰被敌机枪火力点压制，此时，黄继光身上已经多处负伤，手雷也已全部用光。为了完成任务，减少战友的伤亡，他用自己的胸膛堵住正在扫射的敌机枪射孔，为反击部队扫清了前进的道路。

《诗书印画　全入神品——国画大师齐白石》

齐白石出身贫寒，做过农活，当过木匠，后改学雕花木工，从民间画工入手，摹古人真迹，学诗文书法，融汇古今，而诗、书、印、画俱佳；他将中国画的精神与时代的精神统一得完美无瑕，使中国画得到国际的重视，无愧于"国画大师"的称号。

《毕生为文化而奋斗——中国第一出版家张元济》

张元济参与、主持和督导商务印书馆近六十年，使其从简单的印刷企业转变为当时中国教育出版的旗帜。张元济一生爱书，在中华大地动荡不安的年代里，他用自己对文化的热爱，续存着中华民族灿烂悠久的文明之光。

《独树一帜　梨园大师——著名京剧表演艺术家梅兰芳》

梅兰芳，京剧大师，演唱风格独树一帜，世称"梅派"。曾先后赴日本、美国、苏联演出，并荣获美国波摩那学院和南加州大学的荣誉文学博士学位。作为一位爱国者，抗战期间蓄须明志，拒绝为日本人演出，为后世称颂。

《华侨旗帜　民族光辉——爱国侨领陈嘉庚》

陈嘉庚是著名的爱国华侨领袖、企业家、教育家、慈善家、社会活动家。他为辛亥革命、民族教育、抗日战争、解放战争、新中国的建设做出了卓越的贡献。生前被毛泽东誉为"华侨旗帜、民族光辉"。

《向雷锋同志学习——伟大的共产主义战士雷锋》

雷锋，一个平凡而伟大的共产主义战士，一心向着党，一生秉承着全心全意为人民服务、无私奉献的崇高思想；发扬刻苦学习和钻研理论的"钉子"精神；坚持勤俭节约、艰苦奋斗的优良作风。毛泽东为其题词："向雷锋同志学习。"

《人民的好公仆——县委书记的好榜样焦裕禄》

焦裕禄，被誉为县委书记的好榜样。他用自己的革命精神，展开了与大自然、与社会落后现象、与病魔的多重抗争，让我们领略到一个共产党人的生之伟大、死之壮美的人格品质和具有现实教育意义的精神魅力。

《文学巨匠　京味大师——人民作家老舍》

老舍是我国现代小说家、文学家、戏剧家。他用融入骨髓的真诚文字反映生活的喜怒哀乐。老舍的一生，总是在忘我地工作，他是文艺界当之无愧的"劳动模范"，生前被北京市人民政府授予"人民艺术家"的称号。

《革命老人——无产阶级教育家徐特立》

徐特立是一代伟人毛泽东的老师。他出生在贫苦家庭，大部分时间生活在动荡艰苦的年代；他刻苦勤奋，不畏艰辛，追求光明，一生勤俭，为革命培养了大量的人才；他对党和人民任劳任怨，鞠躬尽瘁。他坎坷奋斗的一生，留下了许多可歌可泣的故事。

《人生能有几回搏——新中国第一个世界冠军容国团》

容国团先后担任中国乒乓球队运动员、女队主教练。获得1959年男子单打世界冠军；1961年夺得男子团体世界冠军；作为中国女队主教练，1965年率女队第一次夺得女子团体世界冠军。他的"人生能有几回搏"的豪言，举国传诵。

《石油工人一声吼　地球也要抖三抖——铁人王进喜》

王进喜，新中国第一批石油钻探工人。他为祖国石油工业的发展和社会主义建设立下了不朽的功勋，在创造了巨大物质财富的同时，还给我们留下了宝贵的精神财富——铁人精神。他被评为"百年中国十大人物"，写入中华民族的光辉史册。

《做人民需要我做的事——著名地质学家李四光》

李四光是一位伟大的科学家，他一生从事地质学研究工作，足迹遍布祖国的山川，为祖国探明了许多地下宝藏；他创建了崭新的学说——地质力学；他历尽重重困难，为正确认识地质构造开辟了一条新路。

《中国化学工业的先驱——著名化学家侯德榜》

为摆脱纯碱需要进口的窘况，20世纪初，怀着"实业救国"梦想的中国化工先驱侯德榜等人创办了永利碱厂，并立志生产出中国人自己的碱。1926年，永利碱厂终于成功地生产出"红三角"牌纯碱，从此中国制碱业得以跨入世界先进行列。

《毕生求是　一丝不苟——著名科学家竺可桢》

著名科学家竺可桢献身科学研究；治学严谨，一丝不苟；一生廉洁，两袖清风；作风民主，爱护学生。他以爱国之心、报国之志，从一个民主主义者逐渐成长为一个共产主义战士。

《热爱自然的大地之子——著名植物学家蔡希陶》

蔡希陶，五十载风雨，五十载坎坷，五十载奋斗，五十载开拓，为了发现对人类生产、生活有用的植物及新物种的引进而做出巨大贡献，在中国的植物资源学史上将永远镌刻着他的名字。

《高洁无私的襟怀——知识分子的楷模蒋筑英》

蒋筑英是中国当代知识分子的先锋典范，他不为名，不为利，尊重科学；他以坚忍的毅力和顽强的作风，在科学的道路上呕心沥血，鞠躬尽瘁，无私地奉献了青春和生命。

《迎接新生命的天使——卓越的妇产科专家林巧稚》

林巧稚是国内外享有盛誉的妇产科专家。在五十多年的医学教育和临床实践中，林巧稚亲自接生了五万多婴儿，治愈了数千病人，培养了数以百计的专门人才，为我国的妇女儿童事业做出了不可磨灭的贡献。

《独自成千古　悠然寄一丘——国画大师张大千》

张大千是20世纪中国画坛最具传奇色彩的国画大师，无论是绘画、书法、篆刻、诗词无所不通。在艺术界深得敬仰和追捧，艺术家们用真挚的感情，用绘画和雕塑展现了"张大千"多彩的艺术形象。

《建造中国的通天塔——著名数学家华罗庚》

中国当代著名数学家华罗庚，为中国数学的发展做出了无与伦比的贡献，他是中国解析数论、典型群、矩阵几何等多方面研究的创始人与开拓者，也是我国最早将数学理论研究与生产实践紧密结合的科学家。

《问鼎长天　强我国威——两弹元勋邓稼先》

邓稼先是我国著名科学家，参加组织和领导我国核武器的研究、设计工作，从对原子弹、氢弹原理的突破和试验成功及其武器化，到新的核武器的重大原理突破和研制试验，作出了重大贡献。是我国核武器理论研究工作的奠基者之一，被誉为"两弹元勋"。

《敢叫天堑变通途——桥梁专家茅以升》

中国著名的桥梁专家茅以升从小立志为祖国建造桥梁，经过不懈努力，他不仅设计建造了一座座宏伟壮观、坚固实用的道路桥梁，而且搭建了一座座友谊之桥，为祖国建设作出了卓越贡献。

《蘑菇云之梦——核物理学家钱三强》

被誉为"中国原子弹之父"的核物理学家钱三强，更名后立志于科技报国；24岁投师于世界著名核物理学家居里夫妇；与夫人何泽慧合作，发现铀的"三分裂""四分裂"现象；统领我国的原子大军，做了大量创造性工作。

《两离桑梓地　满怀雪域情——领导干部的楷模孔繁森》

孔繁森，是一位一尘不染、两袖清风的好干部。两次进藏工作，历时十载，为西藏的建设、发展和稳定作出了突出的贡献。1994年11月，孔繁森不幸以身殉职。人民群众称他为新时期领导干部的楷模。

《摘取数学皇冠上的明珠——著名数学家陈景润》

陈景润是享誉世界的数学家，为了证明"哥德巴赫猜想"，他以惊人的毅力在数学领域里艰苦跋涉，终于攻克了世界著名数学难题"哥德巴赫猜想"中的"1＋2"，创造了中国乃至世界数学史上的辉煌。

《学术独步　饮誉四海——享有国际威望的科学家卢嘉锡》

卢嘉锡是一位在国际科学界享有崇高威望的物理化学家、化学教育家和科技组织领导者。1945年，卢嘉锡满怀"科学救国"的热忱回到祖国，对中国原子簇化学的发展起了重要推动作用，他所指导的新技术晶体材料科学研究，也取得了重大成绩。

《德艺双馨　梨园楷模——著名豫剧表演艺术家常香玉》

常香玉1941年赴陕甘演出。1948年在西安创办香玉剧社。1951年为支援抗美援朝，率剧社巡回西北、中南、华南各地演出，以演出收入捐献"香玉剧社号"战斗机一架，素有"爱国艺人"之誉。

《文学大师　激流勇进——著名作家巴金》

本书以巴金生平和主要事迹为线索，回顾和展示现代著名作家巴金的一生，以期让人们看到巴金在这风云变幻的100多年中，有过成功的欢欣，有过屈辱的磨难，有过痛苦的忏悔，有过平静的安宁。巴金的人生，映照着一代中国五四知识分子坎坷而不平凡的命运。

《壮心系科学　孜孜为国昌——理论化学家唐敖庆》

本书讲述了唐敖庆从出国求学、学业有成、回国任教，到服从安排、艰苦工作、刻苦钻研，最终成为中国量子化学奠基者的过程。让人们看到了这位著名化学家的赤心爱国、严谨治学、大公无私的崇高品格和科研上的卓越成就。

《中国导弹之父——著名科学家钱学森》

当第一颗原子弹升空的时候，当中国的人造卫星奏响《东方红》的时候，当中国运载火箭腾空而起的时候，当中国研制的导弹准确命中目标的时候，人们都会想起他的名字：中国导弹之父钱学森。

《中国近代力学的奠基人——著名科学家钱伟长》

钱伟长曾以中文和历史两个100分的成绩考入清华大学。九一八事变后，钱伟长毅然放弃了文科的学习而转为理科。他是中国近代力学、应用数学的奠基人之一，在固体力学、流体力学以及航空航天领域，取

——著名数学家陈景润

摘取数学皇冠上的明珠

得了卓越的成就，为新中国的现代化建设付出了毕生的精力。

《中国光学科学的奠基人——著名科学家王大珩》

王大珩是我国著名的科学家，中国光学科学的奠基人。他先在清华就读，后赴英国求学，学业有成，立志科学救国，其成就享誉神州。他以科学的求是精神和赤诚的爱国情怀，探索着中国光学发展的闪光之路。